環遊世界八十天

目錄

★【推薦序】

蔡淑媖（中華民國兒童文學學會秘書長、磚雅厝讀書會擔任會長）

讓經典名著串起代代閱讀的記憶

好的故事不會被時代所淘汰，好的故事總是一代傳一代，而在閱讀的時候，你不會覺得它不合時宜，也不覺得它很古老。

還記得女兒四歲時，我與她一同觀賞改編自《清秀佳人》的卡通影片，她著迷於紅髮安妮的表現，我則體會著瑪麗拉兄妹為人父母的心情。當安妮要離家求學時，瑪麗拉捧著安妮小時候的衣服背對著鏡頭哭泣，她感嘆時光過得太快，我忍不住也哭了。這時，女兒抱著我說：「媽媽，我不會那麼快長大，我不會離開你的。」童言童語惹得我破涕為笑。**經典故事就是這麼能跨越時空，同時打動兩代人的心。**

這套書裡面的故事都曾被改編成影片，因此，很多人即使沒有看過書，也都知道這些故事，而知道故事後再回來讀這些書，那感覺就像和老朋友會面一樣，既溫馨又甜蜜。

例如，改寫自中國長篇歷史故事的《岳飛》和《三國演義》，可說家喻戶曉，大家多多少少都知道一些精彩片段，若能重新再透過文字咀嚼一次，將片片段段組合起來，那不完整的印象便具體了，成了可以跟孩子分享的材料。

而《安妮日記》紀錄一段悲慘的歷史，透過一個小女孩的眼睛，讓大家看到戰爭的殘酷及人權被迫害的可怕，世界上人人生而平等，不管膚色、種族、性別，大家都有同樣的生存權利，這樣的態度在現今世界更需要存在。

談到「生存權利」，自然想到《海倫．凱勒》這本書，一個又聾又盲的女孩，要如何活出自己呢？在那個科技不是很發達的時代，聽不到、看不到的孩子要如何學習呢？想起來就讓人充滿無力感，可是，沙利文小姐憑著無比的耐心，對海倫循循善誘，讓她的人生出現了光明，這是非常激勵人心的真人實事，在我們佩服海倫之際，同時想想自己是否有克服困難的決心，大人小孩互相勉勵！

同樣以小女孩為主角的故事《海蒂》，敘述一位自幼失去雙親、由姨媽撫養的女孩，五歲那年被帶到阿爾卑斯山的牧場和爺爺生活，三年後又被帶到城市陪伴不良於行的小姐，女孩雖然樂觀開朗，卻壓力過大出現夢遊情形，最後重回她念念不忘的牧場，開心的過著簡單而幸福的生活。不同於小女孩的成長故事，屬於小男孩的《湯姆歷險記》則展現了另一種生活樣貌；而從男孩的冒險到青年的冒險，《魯賓遜漂流記》裡的主角則帶讀者遠航到更遠的地方，度過不可思議的荒島生活。不同於湯姆和魯賓遜在大自然中的冒險，《環遊世界八十天》的福克先生帶著我們馬不停蹄的繞著地球跑，過程刺激極了；更刺激的是《福爾摩斯》與華生的偵探故事，會讓人腦筋跟著動不停。

閱讀可以解放禁錮的心靈，讓人「身處斗室、心去暢遊」，當你的心乘著想像的翅膀飛向千里之外時，就像真的經歷了一趟豐富的旅行，這種美好的體驗，孩子們一定要擁有。

經典名著歷經數百年依舊在世上流傳，一定有它立足不墜的地方，不管家長陪孩子或老師引領學生，這些作品都是很棒的選擇。讓大家一起來閱讀經典作品，串起代代閱讀的記憶吧！

林偉信（台灣兒童閱讀學會顧問、誠品文化藝術基金會「深耕計畫」顧問）

這套【影響孩子一生的人物名著】系列中的主角們，沒有因為自己的出身或是生活環境的困頓，自我設限，自怨自艾，反倒都是**努力掙脫宿命的桎梏，積極追求生活中的各種可能發展**，創造出各種新的意義，為自己的人生書寫出一篇篇撼動人心的美麗篇章。藉由閱讀這些「人物」的故事，我們不僅可效法他們的典範，激勵心志，有勇氣去面對與克服人生中各式各樣的困難與挑戰，並且，也因為透過故事的閱讀，讓我們了解：「每一個人的作為背後都會有一段故事」，因此，在生活中，就更能了解個別特質、尊重差異，給予他人更大的關懷與慈悲。

張璉（東華大學歷史系教授兼圖書館前館長）

兒童接觸閱讀，多半是從寓言、傳說，或者童話、神話故事起步，在充滿異想、奇幻式的萬花筒世界中，可激發兒童豐富的想像力與好奇心，即便如卡通或兒童電玩也不例外，皆以饒富想像、靈活幻化的情節為題材，然後寓教於其中，逐步導引兒童認知這個多采多姿的世界。

人物故事或傳記就大不同了，不論是文學體裁或以傳記、日記的形式，都是以現實生活為場景描寫人生故事，與充滿想像、不受框限的題材迥異。現實人生既不幻化，也缺乏異想，更不似神話，**人物故事或傳記裡的主人翁，在現實世界中或因堅毅的生命、或品格操守、或智慧卓絕、或不畏艱險等等，不同的人生經歷皆可做為孩子們學習效法的典範。**

目川文化精選十冊人物故事叢書，有中外文學名著、日記及人物傳記，非常適合中高年級的兒童閱讀。大部分的小朋友不大主動閱讀人物傳記，需經家長或老師的引導，為他們開啟另一扇窗。閱讀人物故事，能更認識這個世界與中外古今人物典範。

讀安妮的日記，彷彿通過一位猶太少女的雙眼，看見為避納粹迫害而藏於密室的悲慘世界，也從安妮坦誠而幽默的文筆，讀到在艱困中的心靈成長。從命運坎坷的海蒂身上，可嗅出天真樂觀的特質，終而翻轉了頑固的爺爺，也改變身障富家千金的人生觀。從湯姆的歷險，看到一個古靈精怪的頑皮少年，在關鍵時刻竟然變得勇敢而正義。又如，熱愛航海的魯賓遜，不幸漂流至荒島，為了求生存，怎樣在孤絕環境下發揮強大意志力與求生本能，令人好奇。從福爾摩斯的辦案，可學到邏輯推理、細微觀察與冷靜縝密的思考。再如，精忠報國的岳飛，力圖恢復失土，率領大軍討伐金軍，卻遭奸人所害，雖壯志未酬，但他堅貞愛國的情操永留青史。中國「四大奇書」之一的《三國演義》，從劉關張到魏蜀吳，從諸葛亮到司馬懿，鮮明的人物形象與詭譎的智謀，既是談亂世的歷史，更是談仁義節操與智慧人生。

在眾多書海中，尤以人物故事對人們的影響最深，書中的主人翁能深入孩子的內心世界，與之同喜同悲，「品格教育 6E」第一步就是樹立典範（Example），因此，必須慎選優良的人物故事，不僅獲得人生智慧，更是品格學習的榜樣，為孩子及早建立形象楷模與正確的價值觀。

李博研（神奇海獅、漢堡大學歷史碩士、「故事：寫給所有人的歷史」專欄作家）

「想讓孩子揚帆出港，重要的不是教給他所有航行的知識，而是讓他渴望海洋。」這句話我一直銘記在心，在做文化推廣的漫漫長路上，這也一直是我的初衷。當孩子開始對一項事物感興趣，他自然而然會開始學習一切必要的知識。目川文化的〈影響孩子一生名著系列〉精選平易近人的十本經典【世界名著】、十本【奇幻名著】，到現在的十本【人物名著】，相信能讓孩子從閱讀故事的樂趣中，逐步邁入絢爛繽紛的文藝殿堂，實屬今年值得推薦的系列童書！

陳之華（知名親子教養、芬蘭教育專家）

許多父母總會心急又關切地詢問：孩子的成長中，有哪些是必備的養成養分？**我總以為，閱讀習慣的養成、閱讀興致的培養，是極重要的一環。**我兩個目前已成年的女兒，在孩童階段，就有多元與豐富的閱讀經驗，除了圖書館的借閱外，也在家裡的書堆中長大。

家裡的各類叢書，宛若一個小型圖書館，彙集許多經典書冊和孩子喜愛的兒少著作。這些書常常營造出一種氛圍，在每日的生活中，成了看似有形卻無形的一種吸引孩子去接近它們的養分。有書在家，不僅帶給孩子一個有故事、有各種插畫與繪圖的環境，也會讓她們感到心有所屬，更讓她們在每隔一段時日中，總會再次拾起同一本書去閱讀，因而產生年歲不同的領悟。

近日一項由澳洲國立大學進行的研究指出，**孩童在幼年時期，家中的藏書、叢書愈多，孩子在日後的認知能力與知識發展的表現，都將更佳。**的確，孩子往往能透過不同的故事，開拓他們對世界的認知能力與想像力，目川文化出版的【影響孩子一生的人物名著】系列中，涵蓋了十本東西方精采可期的人物故事，有二戰時期飽受納粹迫害的《安妮日記》、紅髮俏皮的加拿大女孩《清秀佳人》、美國兒童名著《湯姆歷險記》、瑞士阿爾卑斯山上的《海蒂》、成就不平凡自我的美國聾盲《海倫．凱勒》、流落荒島二十八年的《魯賓遜漂流記》、英國紳士的《環遊世界八十天》、英國著名偵探《福爾摩斯》、精忠報國的《岳飛》，以及非讀不可的中華經典《三國演義》。

閱讀這些已然跨越了年代、國家與文化的經典人物傳奇，認識有別於自己成長環境的國度、歷史和文化背景，透過閱讀書中主人翁的成長、生命或冒險故事，孩子將有機會學習到韌性、勇氣、堅持、寬度、同理等能力。而從這些不同的角色中，孩子也必然有機會從中對比或想像一下角色互換的情境與心境，從而了解自己可能的想法、勇氣與作為。

陳盉萍（新竹縣竹中國小閱讀寫作專任教師）

孩子的成長與學習需要典範！

閱讀一本好書，彷彿站在巨人的肩膀上，讓人看到更高更廣闊的世界；從書中人物所經歷的種種困境，更可以讓人在閱讀時感同身受，獲得共鳴。這一套【影響孩子一生的人物名著】，**正有如此的正向能量，能給予孩子們成長時內化成學習的養分**：《安妮日記》在安妮的身上學到不向逆境低頭的正向人生觀。

《清秀佳人》在安妮．雪莉的身上看到堅持到底的毅力。
《海倫．凱勒》從海倫．凱勒的奮鬥懂得珍惜自己所擁有的一切。
《海蒂》在海蒂的成長中見證永不放棄的力量。
《湯姆歷險記》從調皮善良的湯姆身上，看到機智勇敢讓人激發出前進的動力。
《環遊世界八十天》在福克先生的冒險中，體會隨機應變、冒險犯難的精神。
《福爾摩斯》冷靜思考、敏銳觀察是福爾摩斯教會我們的事。
《魯賓遜漂流記》在孤立無援時，勇氣與希望是魯賓遜活下來的支柱。
《岳飛》直到生命最終仍然恪守「精忠報國」的誓言，是岳飛為世人樹立的典範。
《三國演義》從歷史事件鑑古知今，在敵我分明的史實中見賢思齊，見不賢內自省。
強力推薦這系列經典名著，給正值青春年少的孩子們最棒的心靈滋養！

許慧貞（閱讀史懷哲獎得主、花蓮明義國小閱讀推動教師）

為什麼要讀「人物傳記」的書

是什麼樣的人物，能夠經過時代的考驗，創造出一片屬於自己的天地，留下值得紀錄的典範？藉由人物傳記的閱讀，我們可以在這些名人身上，找到很多值得學習的美好特質，這對還在學習階段的孩子而言，可以說是相當重要的閱讀資源。

在孩子成長的過程中，難免不只一次地被問到：長大以後要做什麼？多數孩子的答案，可能也就是醫生、律師、老師、科學家……之類，很容易獲得大人賞識的標準答案，至於那是不是自己心底真心的期盼？可能都心虛地答不上來。

或者，未來對孩子來說還遙不可及，充滿了未知的變數，但同時也有著無限的可能，在滿懷期待與盼望的年少時代，**孩子多讀一本傳記，就像多交了一位豐富的朋友**。此時，讓孩子看看書裡的人物是如何認真的過日子，辛苦的為著理想奮鬥，其中的過程或許滿是挫敗，但他們終究還是闖出了屬於自己的一片天。

透過這些人物的故事，孩子或可從中領略出自己將來想成為一個什麼樣的人，而他們曾經走過的路，遇過的挫折，也將成為孩子人生路上最好的借鏡。

陳昭珍（臺灣師範大學圖書資訊學研究所優聘教授兼教務長）

陪伴所有父母親長大的不朽經典兒童名著！

劉美瑤（兒童文學作家、台東兒童文學所）

關於書籍規畫，目川文化真的很用心，尤其是在翻譯上面字斟句酌，讓整部作品讀來更有韻味，在上一套影響孩子一生的【奇幻名著】中，力邀我為每一本深入撰寫每部作品的文學價值。新的這套【人物名著】，選作兼顧中外名典，角色豐富，有勇猛剛毅的男主角、調皮卻不失真誠的頑童、慧黠溫暖的孤女，以及陷於逆境卻始終向陽生長的堅毅女孩。這套作品中，我尤其喜歡用微笑感動他人的海蒂，以及善於用文字逐夢踏實的清秀佳人安妮．雪麗。我推薦大小朋友們繼續支持，因為讀者不僅**能從作品裡的每一位人物身上汲取到愛的溫度、明亮的思考**，更重要的是藉由閱讀他人的故事，我們能擴展看待事情的角度，學會用兼具勇敢與溫柔的態度去面對未來的挑戰。目川文化【影響孩子一生的人物名著】，真誠推薦給您！

林哲璋（兒童文學作家、大學兼任講師）

莊子說：「寓言十九，重言十七，卮言日出，和以天倪。」意思是指他教導人明白「道」的方式，百分之九十用寓言，百分之七十用「重言」。「重言」者，為人敬重者之言（行）也。在兒童文學裡，就是傳記和人物小說。

目川文化在先前的影響孩子一生【奇幻名著】系列，已經將「寓言」的部分實踐；現在熱呼呼出爐的人物系列，正準備展現「重言」的傳道之效。【人物名著】系列，引導兒童向書中人物（傳記人物，寫實小說人物）學習仿效，由這些書中人物現身說法，或許比親師再多遍的言教都還管用，不是這麼說的嗎──身教重於言教！有些時候，平凡的我們不一定擔當得起身教之責，但沒關係，傳記裡、寫實小說裡有！

目川文化的兒童名著系列，有寫實的虛構，有虛構的寫實，充分融合了言教與身教。**這套【人物名著】每本書裡還準備了「專文導讀」，介紹時代背景及作者生平和故事理念，融合感性與知識性讀物的元素，一舉而數得。**

陳蓉驊（南新國小推廣閱讀資深教師）

鼓勵孩子學習典範

「模仿」是孩子的天性，孩子會看著父母、周邊親友、電視節目等行為而模仿著，所有進入他們年幼思想的印象都可能難以抹去，所以父母師長需要多製造機會，讓孩子接觸值得模仿的典範。除了父母的以身作則，透過閱讀人物名著讓孩子從各個角色的人格特質進行省思、批判與學習，漸漸成長形塑獨特的自己，是最值得推薦的方法。

這套【影響孩子一生的人物名著】規畫的書目包羅萬象，值得推薦：浪漫幽默的《湯姆歷險記》、溫暖感人的《海蒂》和熱愛生命的《清秀佳人》，讓孩子在輕鬆閱讀中看見青少年的勇敢正義、純潔善良與自力自強。充滿邏輯推理的《福爾摩斯》、呈現世界各地奇風異俗的《環遊世界八十天》，及征服自然的《魯賓遜漂流記》，可以讓孩子從成人身上學習到冷靜從容的理性態度、科學知識的運用與克服障礙的堅定意志。戰亂中求生存的《安妮日記》與創造奇蹟的《海倫·凱勒》，更能讓生活在和平年代、身體健康的孩子們感受在艱難困境中，仍對生命懷抱希望的努力與心路歷程。《岳飛傳》與《三國演義》裡流傳千古的民族英雄，想必讓孩子更覺親切。

故事中各個主角人物的鮮明特質、行為氣度與高潔品德，很容易獲得孩子的認同。父母師長不用對孩子費盡脣舌灌輸品德觀念，**只要鼓勵或陪伴孩子閱讀這些經典名著，帶著孩子一起認識這些典範人物，慢慢的，我們將在孩子身上看見美好的改變。**

專文導讀

游婷雅

閱讀理解教學講師
電台「閱讀推手」節目主持人

故事是虛，知識是實

法國作家儒勒·凡爾納（Jules Gabriel Verne）一八七三年出版的《環遊世界八十天》，是一本虛構的冒險小說。然而，一八八九年美國《世界報》女性記者，娜麗·布萊（Nellie Bly）卻依照這本書的路線，以七十二天的紀錄環遊世界，而這項紀錄又被後來的人打破。

為什麼凡爾納的虛構小說能夠如此符合現實情況，讓讀者躍躍欲試呢？原來，凡爾納可是做足功課的！他花了大量的時間待在圖書館中研究如何撰寫故事，並閱讀大量的科學新知以及地理知識，促使他撰寫出許多膾炙人口又走在科技時代尖端的著作。其中包括《環遊世界八十天》、

作者，儒勒·凡爾納 *1

《地心遊記》、《從地球到月球》、《海底兩萬哩》等，這些作品讓凡爾納成為科幻小說的開創始祖，引來許多科幻迷和科學家的矚目。

娜麗．布萊（Nellie Bly），
美國《世界報》女記者 *2

讀故事的趣味，讀知識的滿足——關於人物刻畫

閱讀《環遊世界八十天》時，總是讓人停不下來地一直往下讀。想知道福克先生最後究竟有沒有贏得在英國「革新俱樂部」與其他紳士會員的賭注？既想快點知道結局，卻又不忍錯過警探費克斯一連串從中的阻礙，以及福克如何化險為夷的精彩過程。故事架構本身耐人尋味，作者對人物的細緻刻劃同樣也是巧妙生動：

《地心遊記》內文插圖，一八六四年法文版 *3

一八四一年英國倫敦「革新俱樂部」一樓走廊，專為上流人士聚會、社交和享用美食的高級場所 *4

他相貌堂堂，約四十歲左右，面貌清秀，身材修長，略微有些中年發福；他風度翩翩，金褐色的頭髮和鬍鬚，光滑亮堂的前額，白淨的面孔上看不見一絲皺紋；他的眼神沉穩而堅定，透露出極高的個人修養，幾乎已經達到「雖動猶靜」的地步，凡是「多做事，少說話」的人所具有的特點他都有。

又例如，描述人物間互動的神情、動作：

到了晚上七點鐘，唐卡德爾號距離上海還有三海里。船主憤懣地跺著腳，兩百英鎊的獎金就這樣泡湯了！費克斯嘴角露出一絲不易察覺的笑容，艾娥達夫人擔憂地望著她的旅伴，而福克先生仍舊是面無表情，儘管他的命運也繫在這千鈞一髮的時刻上。

此外，貫穿全書都能找到關於福克先生性格特質的支持證據。

愛娥達夫人與福克先生，《環遊世界八十天》一八七二年出版書中插畫 *5

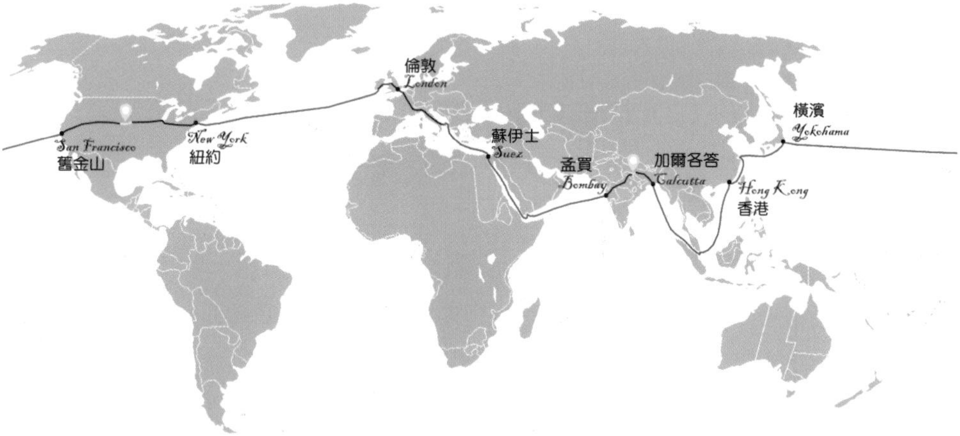

《環遊世界八十天》路線圖 *6

讀故事的趣味，讀知識的滿足——關於地理知識

小說中的福克先生有一本旅行日記。讀者可以依照故事中的訊息推論，完成福克先生的旅行紀錄，確認一下福克先生有沒有算錯天數。

然而，故事的結局是個大逆轉。

這個部分富含了地理時區的知識，對七年級以前的孩子而言還是非常抽象的概念。然而，《環遊世界八十天》這本小說卻是七年級學生學習地理時區概念最佳的延伸閱讀教材，可以透過小說的陳述，思考時區的概念並實際加以計算。地圖上有兩段以黃色標示的路線，這兩段路程發生了什麼事？福克先生一行人是如何解決的？

埃及蘇伊士運河，一八八二年 *7

旅行日記

起迄地點	交通方式	預計天數	實際花費天數
英國倫敦至埃及蘇伊士	鐵路和輪船穿越地中海		
蘇伊士至印度孟買	輪船穿越紅海駛至印度洋		
印度孟買至加爾各答	鐵路		
加爾各答至香港	輪船穿越南海		
香港至日本橫濱	輪船穿越南海、東海和太平洋		
橫濱至美國舊金山	輪船穿越太平洋		
舊金山至美國紐約	鐵路		
紐約至倫敦	輪船穿越大西洋和鐵路		
合計			

讀故事的趣味，讀知識的滿足——關於歷史背景

在小說的第一章中，福克先生整裝待發時有這麼一段描述：「他打開路路通手中的旅行袋，塞進去一大疊花花綠綠的鈔票，這些鈔票在世界各地都通用。」懂得透過閱讀思考的讀者，一定會好奇，什麼樣的鈔票能在世界各地都通用呢？真的有這種鈔票嗎？

一八四二年英國硬幣正反面，
年輕的維多利亞女王肖像（左）和皇家徽章（右）*8

一八八六年地圖，英國殖民領地標示為紅色 *9

在現代，即便是流通度很高的美金，到了世界各地，大多也需要兌換成當地的貨幣才能使用。然而，十九世紀的英國在全世界的殖民地面積是世界第一，成為西班牙帝國之後的第二個「**日不落帝國**」。換言之，大英帝國當時的殖民地遍布全世界。因此，福克先生只要帶著英國的花花綠綠鈔票，便能在世界各地通用。

十九世紀大英帝國 (British Empire) 有一個雄糾糾、氣昂昂的稱號：「日不落帝國」。因為在維多利亞女王時期，大英帝國的殖民版圖達到高峰，地球上的二十四個時區均有他們的殖民領地。要你有心橫跨五大洋，在各領地間穿梭遊歷，絕對有機會看到一顆永不西沉的太陽。

印度王公與英國官員，十九世紀 *10

但大英帝國能獲得此稱號是由於他們靠著新的航海技術，大舉侵略其他較為落後的國家。他們不僅逼迫那些被武力占領、殖民的國家人民歸化，甚至還將他們矮化為**「未教化」、「野蠻」**的土著以及**「為所欲為」**的原住民。從《環遊世界八十天》書中便可讀到這種觀點。當福克先生一行人來到印度時，便提到：

> 實際歸英國治理的部分只有一百八十一萬平方公里，其餘的地區則完全不在英國女皇的管轄範圍內。實際上，那些地方仍歸印度當地的王公所管治，他們的兇猛殘暴，使英國政府對其也要忌憚幾分。

當他們來到美國時，又有以下關於印第安人的描述：

> 這是一幫亡命的印第安人在襲擊火車。
>
> 印第安人攻進了車廂，搶了很多行李，把箱子和首飾從車窗扔出去，幸虧旅客們中的很多都佩戴了武器，他們就和來襲的歹徒們展開了戰鬥。……有二十多個印第安

人被打得半死，從車上滾下去掉到鐵軌上，像蟲子一樣被火車輪子壓得粉碎……。

從這些描述中，都讓讀者再再感受到帝國主義矮化被殖民者的觀點。

《環遊世界八十天》是一本帶有地理知識、歷史背景與價值觀的趣味冒險小說。小小孩讀出趣味和冒險故事；大孩子和大人讀出知識、歷史與價值觀。**透過這本書，我們可以從當代的歷史背景思考，看帝國與殖民地的關係及文化差異；以當時的科技發展思考，瞭解如何利用那時候已有的交通設施快速繞地球一圈。**此外，讀者還可以進一步思考，若是換成現代，這個故事可以如何改寫呢？

讓我們一起讀經典，看盡世界！思考未來！

美國騎兵追趕美洲印地安人，一八九九年彩色平版印刷 *11

第一章　紳士的賭約

一八七二年，伯靈頓花園坊薩佛街七號，住著一位神祕的斐利亞．福克先生。這位福克先生行事低調，從沒做過什麼驚天動地的事情，但他卻是倫敦革新俱樂部最特別、最引人注目的人物。

如果你認為福克先生的出名，是由於他長相奇特或家財萬貫的話，那可就大錯特錯了。從外在條件來看，福克先生與其他英國紳士沒什麼不同。

福克先生確實是個道地的英國人，但也許不是倫敦本地人。他相貌堂堂，年約四十，面貌清秀，身材修長，略微有些中年發福；他風度翩翩，金褐色的頭髮和鬍子，天庭飽滿，白淨的面孔上看不見一絲皺紋；他的眼神沉穩而堅定，透露出極高的個人修養，幾乎已經達到「雖動猶靜」的地步，凡是「多做事，少說話」的人所具有的特點他都有。但這些並不足以讓他與眾不同，因為只要是英國的紳士都能達到這樣的標準。

他生活富足卻不奢華，如同他在薩佛街的住宅，雖不富麗堂皇，但卻十分舒

適——筆直的街道、整齊的房子、美麗的花園、熱情的鄰居，是個典型的英國上流社區。除此之外，福克先生還是英國最頂級的俱樂部之一——「革新俱樂部」——的會員，該俱樂部有眾多社會名流和商賈雲集。

在那裡，一年四季，你都能吃到味道鮮美、營養豐富的食品；那些身穿黑禮服、腳穿厚絨軟底鞋、態度莊重的侍者亦會為您提供細心周到的服務；美酒也是品種齊全，有西班牙白葡萄酒、葡萄牙紅葡萄酒和摻著香桂皮和肉桂的粉紅葡萄酒，全都盛在古樸典雅的水晶杯裡。

如果有人對於像福克先生這樣古怪的人，居然也能加入像革新俱樂部這樣榮譽的社團而感到驚訝的話，人們就會告訴他：福克先生是經由巴林氏兄弟的推薦才被接納入會。他在英國最好的巴林銀行存有一筆數目不小的儲蓄，且帳面上永遠有存款，因而獲得了信譽，所以只要是他開的支票，照例總是「憑票即付」。

這位福克先生是個財主嗎？毫無疑問，當然是的。可是他的財產是如何獲得的呢？這件事就連消息最靈通的人也說不出個究竟，只有福克先生自己最清楚；如要打聽這件事，最好還是問他本人。

福克先生從來不揮霍，但也不吝嗇。無論什麼地方，有什麼公益或慈善事業缺少經費，他總會毫不遲疑地拿出錢來，甚至有時捐了錢，還不留姓名。

福克先生看起來就是如此普通，但是，圍繞在他身上的幾個謎團，卻始終無解，這也讓他成為大家公認的神祕人物。

首先是福克先生的財富來源。他既沒開辦工廠，也沒經營農業；既不做買賣，也不從事醫生、律師等賺錢的行業。事實上，他沒有從事任何職業或參與任何團體，儘管英國首都裡有著各式各樣的社團，你都不會看見他的蹤跡。如果說他的財富是世襲而來，斐利亞家族又毫不顯赫，也沒出過什麼名人或做過什麼大事。

第二是福克先生鮮少有社交生活。福克先生沒有妻子兒女，也沒有親戚朋友，豪宅裡只有他和一位僕人。他從不探親訪友，也不設宴招待客人，這對於那些親朋好友成群、終日忙於應酬的英國紳士看來，簡直是無法想像的。他唯一的社交生活就是去俱樂部。

但即便在俱樂部，他也是安安靜靜，不是坐在鋪著鑲花地板的大廳裡看報，就是在迴廊上來回踱步。他從不主動與人攀談，即使有人找他聊天，他也是寥寥幾句，表面敷衍而已。他唯一的消遣就是看報和玩一種叫作「惠斯脫」的紙牌遊戲，這種靜態的娛樂最符合他的性格。他常常贏錢，但贏來的錢從不放進自己的口袋，而是慷慨地捐出去。

對他來說，他純粹是為了娛樂而打牌，而打牌只是一場智力遊戲，可以不用大幅度的活動就能鍛鍊腦力，且不會引起疲勞；這完全適合他的性格，所以對他來說輸贏完全不重要。

第三是福克先生的生活很有規律，如同鐘錶一樣精確。他不但按時吃飯，且總在一間固定的餐廳、一個固定的座位上用餐；一天有二十四個小時，他待在家的時間有十小時，不是睡覺，就是梳洗，其餘時間皆在俱樂部裡度過，且每到午夜十二點整，他就回家睡覺，從不在外過夜。

福克先生對於穿著也有嚴格的規定，他的每一條褲子、每一件上衣，甚至是每一件背心，都標有編號，哪天穿哪一套衣服、什麼款式的鞋子，都要按照登記簿的號碼行事。

最後一個謎團就是福克先生曾出門旅行過嗎？這很有可能，因為他足不出戶卻能知天下事。多年來，福克先生從未離開過倫敦，他的左鄰右舍都可以證明，他每天除了經過門前那條筆直的街道，從家裡到俱樂部以外，沒有人能說曾在其他地方看見過他。

但是關於世界地理的知識，他卻比任何人都學識淵博。不管什麼偏僻地方，他都非常熟悉，有時他用簡單明瞭的幾句話，就澄清了俱樂部中有關某某旅行家失蹤或迷路的流言。他指出這些事件的真正可能性，好似他具有一種千里透視的天賦，而事情的最後結果，一般總是證實了他的見解都是正確的。似乎這些地方他都曾親身造訪、親身經歷過一樣，至少在精神上，他應該去過了所有地方。

總之，關於福克先生的底細，人們僅知他是一位不愛與人來往的豪爽君子和英國上流社會的紳士，其餘的則一概不知。公眾對於他那捉摸不透的背景產生了極大的興趣，以致於他的一舉一動都會激起一連串的奇怪猜測和想像。

福克先生的生活習慣一成不變，因此他也要求僕人在日常工作中一定要按部就班，準確而有規律。十月二日，福克先生辭退了他的僕人詹姆斯．伏斯特，他被辭退的原因僅僅是：他本來應該給主人送來三十度剃鬍子用的溫水，但他送來的卻是二十八點九度的水。

此刻，福克先生四平八穩地坐在安樂椅上，等待他的新僕人。他全神貫注地看著牆上的掛鐘，按照他每天的習慣，十一點半的鐘一敲，他就會離家直接前往革新俱樂部。

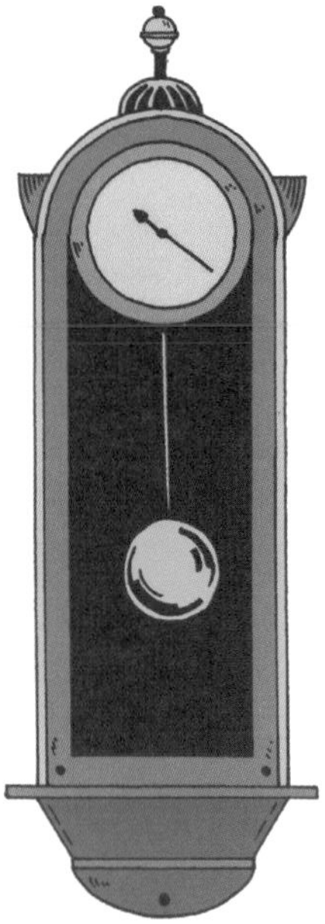

時針指向十一點二十分了。正當福克先生準備放棄等候時，外面傳來了敲門聲。一個三十歲左右的年輕人走了進來，恭敬地朝福克先生行了個禮。

「你是法國人嗎？你叫什麼名字？」福克先生問。

「我叫若望，」新來的僕人回答說：「路路通是我的綽號。從這個名字，你就知道我的辦事能力了。我從事過很多行業，比如說流浪歌手、馬戲團演員、體育教練等，還曾在巴黎當過消防隊隊長呢！雖然這些行業我都做得不錯，但我對飄忽不定的生活有些厭倦了，因此想找份穩定的工作。聽說福克先生您是英國最講究規律、最愛安靜的人，所以我便到您這來，想成為您的管家，安安穩穩地過日子……」

「路路通這個名字我滿喜歡的，」福克先生打斷了新僕人喋喋不休的自我介紹，「你知道我這裡工作的條件嗎？」

「知道，先生。」

「那就好，現在你的錶幾點？」

路路通伸手從口袋裡掏出一只大銀錶，回答說：「十一點二十二分。」

「你的錶慢了。」福克先生說。

「請恕我直言，先生，但這不可能。」

「你的錶慢了四分鐘。不過不要緊，你只要記住相差的時間即可。好了，從這一刻起，即一八七二年十月二日星期三上午十一點二十九分開始，你就是我的傭人了。」

語畢，福克先生起身，左手拿起帽子，且機械式地把帽子往頭上一戴，就一聲不響地走了。

現在薩佛街的豪宅裡只剩下路路通一個人了。路路通望著福克先生離去的方向喃喃自語道：「說真的，我在杜莎夫人屋裡見過的那些『好好先生』跟我現在的這位主人簡直沒有任何區別！」（這裡稍微交代一下，杜莎夫人屋裡的那些「好好先生」是用蠟做的，在倫敦經常有很多人前去欣賞，他們做得活像真人，就只差不會說話罷了。）

福克先生就是這樣的人，生活按部就班，行動精密準確，從來不慌不忙，凡事總有準備，甚至連走幾步、動幾步，都有一定的規定。福克先生從不多走一步路，路線總是挑距離最短的走，他也絕不無故地多做一個動作。他從來沒有激動過，也從來沒有苦惱過。他是世界上最慢條斯理的人，但也絕不會遲到誤事。平日裡的他與世隔絕、獨來獨往，因為他覺得在生活中只要和別人往來，總會起爭執而誤事。

說到路路通，雖然福克先生對他不太感興趣，但為了滿足讀者的好奇心，我們還是有必要詳細地介紹一下他。

路路通是個土生土長的巴黎人。他的相貌很討人喜歡，圓圓的腦袋，胖胖的臉，眼睛是碧藍色的，嘴唇微翹，給人一種和藹可親的感覺。他身材魁梧，肩寬腰圓，由於經常鍛鍊，他身手矯健且力大無窮。唯一的缺點就是，他那棕色的頭髮總是亂蓬蓬的，如果主人要求苛刻，肯定是不滿意的。但幸運的是，福克先生從來不在乎這種小事情。

他在英國待了五年，遇見福克先生之前，路路通先後在十戶人家做過管家，但他始終沒有找到一位合適的主人。那些主人不是脾氣古怪、難以相處，就是到處冒險、四海為家，這些都不盡如人意。

路路通年輕時曾經歷過一段東奔西走的流浪生涯，以致於現在的他迫切希望安定下來，好好休息一下。碰巧他聽說福克先生要找一位新僕人，他打聽了一下關於這位紳士的情況，知道他的生活十分規律，既不在外留宿過夜，也不出門旅行。替這樣的人做事，正是路路通夢寐以求的，因此他就毛遂自薦，最後也幸運地獲得了這份工作。

上任後的路路通先把整個住宅巡視了一遍：從地窖到閣樓，一個地方都不漏。得到的印象是這幢房子整潔、樸素、舒適、方便。路路通覺得非常開心，換了這麼多東家，就屬這幢房子最合他的心意。路路通毫不費力地就在三樓找到了自己的房間，空間不大但設施齊全。牆上裝著電鈴和傳話筒，可以跟地下室和二樓的各個房間聯繫；壁爐上面還有個電子掛鐘，它跟福克先生臥室裡的掛鐘對準了時間，分秒不差。

他在自己的房間裡看見一張注意事項列表，這是他每天工作的時刻表——從早上八點福克先生起床開始，一直到晚上十二點福克先生就寢——所有的工作細節：

八點二十三分送茶和烤麵包

九點三十六分送刮鬍子的熱水

九點四十分理髮

……

所有該做的事，統統都寫在上面，交代得清清楚楚。路路通認真地把這張工作表看了一遍後，把所有的內容都牢牢地記在心上。

「太好了，我總算能稱心如意了！」路路通自言自語道。他激動地搓著雙手，臉上洋溢著幸福的笑容，「福克先生和我一定會非常合得來！他不愛走動，生活一板一眼，如同一台機器一樣。伺候一台機器，我還有什麼可抱怨的呢？」

早上十一點半，福克先生照例走出薩佛街的住宅。他右腳移動了五百七十五步、左腳移動了五百七十六步之後，便抵達了革新俱樂部。這是一座位於市中心的高大建築物，外形宏偉，造價起碼在三百萬英鎊以上。

福克先生直接走進餐廳，坐在他一向坐慣的位子，桌上已整齊擺放了餐具。午餐很豐盛，包括一碟小吃、一盤淋上上等辣醬油的烹魚塊、一盤配著青醋栗果的深紅色烤牛肉，另外還附上了一塊乾酪；並於享用後，品嚐了幾杯俱樂部特調的好茶，午餐才算正式結束。

十二點四十七分，這位紳士從餐廳起身走向大廳，那裡的侍者立刻為他遞上一份《泰晤士報》。他一直閱覽這份報紙到三點四十五分，接著再閱覽剛送達的《標準報》，一直看到吃晚餐為止。晚餐的內容和午餐差不多，只是多了一道上等的英國蜜餞果品。

五點四十分，他又回到大廳，專心地精讀《每日晚報》。

半小時後，其他革新俱樂部的會員開始陸續聚集在大廳裡。這些人跟福克先生一樣都是「惠斯脫」牌迷，是福克玩紙牌的老搭檔——其中安得露．斯圖阿特是工程師、約翰．蘇里萬和撒姆耳．法郎丹是銀行家、多瑪斯．弗拉納崗是啤酒商、高傑．拉爾夫是英國國家銀行董事會董事。這些人有錢有勢，在俱樂部的會員中，稱得上是金融和工商界的頂尖人物。

「我想請問，拉爾夫先生，」多瑪斯．弗拉納崗問道：「那件竊盜案究竟怎麼樣了？」

「我們肯定能逮住那名竊賊的，」高傑．拉爾夫回答說：「倫敦警察廳已經在美洲和歐洲所有重要的港口安排了幾位機靈能幹的警探。依我看，那位樑上君子想要逃出警探們的手掌心，絕非易事。」

「那麼，已經有線索了嗎？」安得露．斯圖阿特接著問。

「我先說明一下，那個人並不是賊。」高傑．拉爾夫鄭重其事地說。

「什麼？偷了五萬五千鎊的鈔票還不算是賊？」

「不是。」高傑・拉爾夫回答。

「難不成還是個企業家呀？」約翰・蘇里萬嘲諷地問道。

「《每日晚報》肯定他是一位紳士。」福克先生插嘴說。他從報紙裡探出頭來，朝大家點頭致意，而大家也向他回禮。

這群紳士們討論的事情正是近日震驚英國全境、引起民眾熱議的驚天竊盜案。事情發生在三天前，也就是九月二十九日。價值五萬五千英鎊的一大疊鈔票，被人從英國國家銀行總出納員的櫃檯上偷走了。

據銀行職員回憶，那天銀行照例擠滿了辦理各種業務的人，一位衣冠楚楚、文質彬彬的紳士出現在付款大廳，並在那裡逗留了很久。英國國家銀行向來非常信任公眾的品格，所以既沒有設置警衛，也沒有負責看門的人，就連出納櫃上也沒加裝鐵絲網。鈔票隨意地堆在櫃檯上，任何顧客都可以接觸。令人驚奇的是，銀行開業以來沒有丟過一分錢。

The Morning Chronicle.
驚天竊盜案
9月29日訊——日前，英國國家銀行裡
價值5萬5千英鎊的一大疊鈔票，被一位
衣冠楚楚、氣質文雅的紳士偷走了。
環遊世界80天

但這份信任在九月二十九日這天被澈底打破了，有一捆鈔票竟然不翼而飛。這對於從未丟過一分錢的英國國家銀行而言，無疑是件驚天動地的大事。關於此人的外貌特徵已經及時發布給英國及歐洲大陸的所有警探，銀行也提出了巨額獎賞：誰能破案就能獲得兩千英鎊，再外加追回贓款的百分之五作為報酬。重賞之下必有勇夫，全英國最幹練的警員和密探都行動起來，駐紮在利物浦、格拉斯哥、哈佛、蘇伊士、布林迪西、紐約等世界各地的主要港口，盯著來往的旅客，尋找符合描述的嫌疑犯。

「我認為這個賊不好抓，世界上能去的地方多著呢！畢竟現在的情況和以前大不相同了！」斯圖阿特說。

「算了吧！」拉爾夫不屑一顧，「世界一點也沒變。不要告訴我，現在的地球比以前小了？」拉爾夫為自己的冷笑話沾沾自喜。

「世界的確是變小了，」固執的斯圖阿特回辯道：「如今花上三個月的時間就能繞地球一周……」

「事實上，只要八十天。」福克先生簡短地說。

看到一向沉默的福克也站在自己這邊，斯圖阿特的嗓門馬上大了起來，「自從大印度半島鐵路的柔佐到阿拉哈巴德段通車以來，確實八十天就足夠了。你們看！《每日晚報》上就刊登了一張時間表。

自倫敦至蘇伊士途經悉尼山與布林迪西（火車、輪船）……七天
自蘇伊士至孟買（輪船）……十三天
自孟買至加爾各答（火車）……三天
自加爾各答至中國香港（輪船）……十三天
自香港至日本橫濱（輪船）……六天
自橫濱至舊金山（輪船）……二十二天
自舊金山至紐約（火車）……七天
自紐約至倫敦（輪船、火車）……九天
總計……八十天

「當然，惡劣天氣、海船出事、火車出軌等等事故都不計算在內。」斯圖阿特補充道。

「這些全都算進去了，」福克先生一邊說，一邊繼續打牌，這回爭論，就顧不得遵守玩「惠斯脫」必須保持安靜的規矩了。

「可是印度的土著或者美洲的印第安人會把鐵軌撬掉，」拉爾夫嚷喊著，「他們還會攔截火車、搶劫行李，甚至把你捉走呢！這些也都算進去了？」

「不管發生什麼事故，反正只要八十天就夠了，」福克一邊回答，一邊把牌放到桌上，接著說：「兩張王牌。」

這回輪到斯圖阿特出牌，他一邊挑牌，一邊說：「福克先生，您在理論上是對的，可是實際做起來……」

「實際做起來也只要八十天，斯圖阿特先生。」

福克先生自信滿滿的態度引起了牌友們的不滿。拉爾夫首先嚷道，「我敢拿四千英鎊打賭，八十天內環繞地球一周，是絕對不可能的。」

「正好相反，完全有可能。」福克回答說。

「不可能！你在吹牛！」牌友們異口同聲地反對。

「你們不信，我們可以打個賭！」福克先生繼續打牌，連頭都沒抬一下。

「我不信！福克先生，我跟您賭四千英鎊！」拉爾夫喊道。

「好！我在巴林銀行有兩萬英鎊存款，全部拿出來作為賭注。我保證在八十天內繞地球一周，也就是花一千九百二十個小時，等於花十一萬五千兩百分鐘繞地球一周，」福克轉向其他幾位牌友，「你們要不要加入這場賭局？」

斯圖阿特、法郎丹、蘇里萬、弗拉納崗幾人低聲地商量了幾句，然後齊聲喊道：「我們跟你賭了。」

「一言為定！今晚我搭乘八點四十五分的火車出發，」福克先生翻了翻自己隨身攜帶的袖珍日曆，「今天是十月二日星期三，那麼，我應該在十二月二十一日星期六晚上八點四十五分回到倫敦。我們就約在這個俱樂部大廳碰面，如果我未能如期歸來，那我存在巴林銀行的兩萬英鎊，就歸你們所有。」

一張打賭的字據當場寫好，六位當事人即刻簽字。福克的態度仍舊非常冷靜，不知情的人根本看不出來，他剛剛拿出自己的一半財產，打了一個風險很大的賭。相反地，其他幾位紳士都流露出一種躊躇不定的神色，儘管他們贏的機會非常大，而且賭注相對小得多。

七點一到，牆上的掛鐘敲響了。「今天就玩到這兒了。福克先生，您早點回家為旅行做準備吧！」斯圖阿特關切地說。

「我已經準備好了。」這位心平氣和的紳士一面發牌，一面回答。「我出的是一張紅方塊，該您出牌了，斯圖阿特先生。」

七點二十五分，福克先生向牌友們道別，離開了革新俱樂部。七點五十分，他推開自家大門，回到屋裡。

此刻，路路通仍然陶醉在安定生活的幻想中。當他看見福克先生提前歸來，雖然感到有些奇怪，但絲毫沒有察覺到自己的美夢即將破碎。

福克先生首先平靜地回到自己的房間，然後呼喚，「路路通！」看到沒有回應，他又叫了一聲。

「現在還沒到晚上十二點，」路路通一面看著手裡的錶，一面走進房間說，「您不應該在這個時間叫我。」

「我知道，」福克先生說，「我要通知你，十分鐘之後，我們就要動身前往杜夫赫和加萊。」

路路通一頭霧水，以為自己聽錯了，「您是說，要出遠門嗎？」

「是的，我們要去環遊世界。」福克先生回答。

「啊！」路路通失聲叫道，眼睛瞪得圓圓的，眉毛也豎了起來，「環——遊——世——界？您不是在開玩笑吧！」

「完全沒有。八十天，環遊世界一周，」福克先生回答，「所以，我們現在一分鐘也不能耽擱了，要即刻出發。」

「可是，我什麼都還沒準備呢！」路路通一臉疑惑，他拚命地搖頭，仍然不敢相信這個事實。

「不用準備太多東西，一個旅行袋裝上兩件羊毛衫和三雙襪子，再帶上雨衣和旅行毯就夠了。路上我會替你買一套，你記得帶一雙耐穿的鞋子，雖然我們步行的時間其實很少，也許根本不用步行。好了，去吧！」

路路通茫然地回到自己房間，一屁股坐在椅子上。他一邊機械式地做著行前準備，一邊喃喃自語：「八十天繞地球一圈！福克先生是不是瘋了！我大概是在做夢吧，明天就好了……」

八點鐘，路路通已經收拾好旅行袋，而福克先生也準備好了。福克帶了一本《大陸火車輪船運輸總指南》，裡面有旅行中所需的一切指示和說明。他打開路路通手中的旅行袋，然後塞進一大疊花花綠綠的鈔票，這些鈔票在世界各地都通用。

「小心拿著！」福克先生把旅行袋還給路路通，「裡面可是有兩萬英鎊呢。」

這句話嚇得路路通差點沒把旅行袋掉在地上，他一生還沒見過這麼多錢呢！路路通把袋子緊緊地貼在胸口，猶如抱著自己的傳家之寶一樣。

他們主僕二人鎖好門後，還特意在上面加了兩道鎖才離開。他們坐上一輛馬車，飛也似的朝查令十字火車站駛去。

八點二十分，馬車在車站的鐵柵欄前停下。路路通先跳下來，接著他的主人也下了車，付了車資。

這時，一名可憐的女乞丐，手上抱著孩子，赤裸的腳上滿是污泥，頭上戴著一頂破舊不堪的帽子，在她襤褸的衣衫上，披著一條破爛的披肩。她走近福克先生，請求他的施捨。

福克從口袋裡掏出剛才打牌贏來的那二十個畿尼，把它們全都給了這名女乞丐，「拿去吧，善良的女士！」他說，「很高興遇見您。」

福克先生給完錢就走了。此時的路路通，頓時覺得自己眼眶似乎湧出了淚水，主人的作為使路路通在心裡對他更加敬重。

福克和路路通走進車站大廳，革新俱樂部的五位牌友已提前在此等候。福克先生吩咐路路通去買兩張到巴黎的頭等艙車票，然後轉身向他的牌友們道別。

「各位先生，我要啟程了，等我回來時，你們可以根據我護照上的各地簽證，來核對我這次的旅行路線。」

用的君子。」

「福克先生，用不著核對，」高傑．拉爾夫回答說：「我們相信您是一位講信

「有證明總比沒證明好。」福克先生道。

「您沒忘記必須什麼時候回來吧？」斯圖阿特提醒他說。

「八十天以內，」福克回答：「也就是一八七二年十二月二十一日，星期六，晚上八點四十五分。再見了，各位先生。」

八點四十五分汽笛一響，火車便開了。福克先生安然地坐在座位上看報，路路通則還有點茫然，他呆若木雞，雙手機械式地緊抱著那個裝鈔票的旅行袋。

當列車出發兩小時後，路路通絕望地大叫了一聲：「糟糕！」

「你怎麼了？」福克先生頭也不抬地問道。

「因為……因為……在忙亂中……我忘了……」路路通結結巴巴地說。

「忘了什麼？」

「忘了關我房間的暖氣了。」

「哦，」福克先生淡定地說：「那這八十天的暖氣費你自己付。」

第二章　銀行大盜潛逃出境？

福克先生環球旅行的消息在第二天就傳開了。由於福克先生的知名度和該賭約太過離奇，因此，他這次的旅行轟動了全國。接下來的一個星期裡，英國各大報紙爭相報導，全倫敦乃至全英國的市民都在討論、爭辯和琢磨這個「環遊世界」的各種問題。有的人擁護福克，認為像他這樣的智者，一定是經過深思熟慮才敢定下這個賭約；但更多的人反對他，認為以當今的交通工具要在八十天內環遊世界根本是天方夜譚，他們覺得福克先生一定是精神錯亂了。跟他打賭的那些會員，也受到人們的責難，大家認為想出這種賭約的人頭腦也有問題。

如果此刻福克還有支持者的話，那麼七天後發生的一件事，就足以讓他的擁護者全跑光了。下面是一份從蘇伊士發給倫敦的電報：

致蘇格蘭廣場警察總局局長羅萬先生：

我盯住銀行竊賊斐利亞·福克了。請速寄拘票至英屬印度孟買。

警探費克斯

人們在譴責福克的同時，也對發來電報的警探費克斯充滿了敬意。下面有必要好好講述一下費克斯是如何判定福克就是銀行大盜的——

十月九日，星期三，蘇伊士碼頭。天氣晴朗，但刮著凜冽的寒風。淡淡的陽光照耀著清真寺的尖塔，港口停泊著各式各樣的商船和漁船。碼頭上熱鬧非凡，不同國籍的水手、商人、搬運工紛紛湧進，大家都在等待上午十一點到達蘇伊士的商船「蒙古號」。這艘大型商船每次靠岸都會帶來不少的生意。

但人群中有兩個人顯然不是為了要做生意才來到碼頭，其中一位是英國駐蘇伊士的領事，另外一位就是警探費克斯了。

費克斯矮小瘦弱，眉毛總是皺在一起，給人其貌不揚的感覺，但他的眼神犀利，透露出警探的敏銳和機智。此刻，他不停地走來走去，看來心情很焦躁。英國國家銀行竊盜案發生之後，他就被分派到蘇伊士港口，負責監視所有經過蘇伊士的旅客。如果發現任何形跡可疑的人，他就一面跟蹤他，一面等候拘票。

就在兩天前，費克斯收到一份來自倫敦警察局局長的資料，上面描述了竊賊的外貌特徵，還提到小偷極有可能是一位衣冠楚楚的高貴紳士。

費克斯顯然是抓賊心切，他不停地四處張望，還反覆問同一個問題：「領事先生，這艘商船會不會誤點呀？」

「不會的，費克斯先生。」領事回答說：「蒙古號向來都是提前抵達。根據昨天的消息，它已經到了塞得港的外海，一百六十公里長的運河對這樣一艘快船來說，不算什麼。您就再耐心稍等一會兒吧！但讓我擔心的是，即使您要抓的人是在蒙古號上，單憑您手上的那一點資料，就能把他認出來？」

「領事先生，」費克斯說：「抓賊靠的不是認人，而是感覺，也就是我們這一行特有的敏銳鑑識力。鑑識力是一種綜合聽覺、視覺和嗅覺的特殊能力。像這樣的紳士，我一生中逮過的不止一個了。我敢說，只要這個賊在這艘船上，他就逃不出我的手掌心。」

「如果真是這樣，那您就立大功了！」

「可不是嗎？五萬五千英鎊，這麼大的案件可是非比尋常呀！」一想到破案後能獲得高額獎金，費克斯整個人就飄飄然了，恨不得馬上就把竊賊緝拿歸案。

「可是，」領事還是心存疑慮，「照您收到的那份有關竊賊相貌特徵的資料上來看，他完全像一位正人君子，而不是那些長得獐頭鼠目的普通小偷呀！」

「領事先生，」費克斯滿懷信心地說：「凡是大賊，看起來都像正人君子。不然，一下子就被逮住了。我們的任務就是要撕下這些偽君子的假面具。我承認，這有些難度，需要多年的磨練才能達到這等功力。從事我們這一行甚至已經不能說是一種職業，而應該說是一種藝術。」顯然，這個費克斯是個自命不凡的人。

費克斯由於職業上的習慣，一面在人群裡走著，一面打量來往的行人。這時已經十點半了。

「這艘船不會來了！」一聽見港口響起十點半的鐘聲，費克斯就嚷嚷道。

「船離這裡不遠了。」領事回答。

「這艘船在蘇伊士大約會停留多久？」費克斯詢問道。

「停四個小時加煤。從蘇伊士到紅海的出口亞丁港，距離有一千三百一十海里，所以必須在這裡補足燃料。」

「這艘船從蘇伊士直接開往孟買嗎？」

「是的，中途不載客，也不再裝貨。」

「那麼，」費克斯說，「假如這個賊是從這條路來，並且真的搭了這艘船的話，那他一定是打算在蘇伊士下船，然後再去亞洲的荷蘭殖民地或是法國殖民地。因為他一定明白印度是英國的屬地，待在印度並不安全。」

「除非他是個很精明的賊。您也知道，一個罪犯躲在英國，總比跑到國外去要好得多。」

領事說完話後，就回到離碼頭不遠的領事館了。現在，僅剩費克斯獨自一人留在碼頭，繼續煩躁不安地等待著。他有一種奇怪的預感，這個賊就在蒙古號上。在他看來，假如這個壞蛋想逃離英國去美洲的話，那麼從印度走是一條理想的路線，因為這條路線上警探的監視要比其他路線鬆得多，再說，即使要監視也非常困難。

十一點整，蒙古號噗噗地冒著蒸汽，在煙霧彌漫的港灣裡下了錨。費克斯仔細打量每一位上岸的旅客，只見一個身材魁梧的男士使勁擠出人群，走到費克斯的面前，禮貌地向他詢問英國領事館的地址。

「我想辦理簽證手續。」男士揚了揚手中的護照。

費克斯瞥了一眼護照的內容後，興奮得全身發抖。原來，護照上關於執照人的一切資料，都跟他從警察局局長那裡收到的資料完全一致。

「這本護照不是您的吧？」費克斯問。

「是我家主人的，他就在船上。」

「領事館在那邊的廣場上，」警探指著約兩百步遠的那棟房子說，「不過，簽證手續，一定要本人親自辦理才行。」

「是嗎？那我只能回去請主人跑一趟了，雖然他是最怕麻煩的人。」說完這句話，男士朝費克斯點點頭就回船上去了。

費克斯掩飾不住內心的喜悅，立刻飛奔到領事館，也不等通報，便直接跑進領事的辦公室。

「領事先生，」費克斯氣喘吁吁地說：「果然不出我所料，這個竊賊就在蒙古號上。」費克斯把剛才遇見一位僕人以及那本護照的事情說了一遍。

「聽您這麼一說，我倒是很想見見這名竊賊。不過，如果他真的是小偷，為什麼還要跑到我這裡來呢？畢竟在護照上簽證，已經不是必要的手續了。」

「有些厲害的小偷就是愛招搖。」費克斯一副非常瞭解內情的模樣，「他來的時候，我希望您別給他簽證。」

「為什麼？」領事問：「如果護照沒問題，我是無權拒發簽證的。」

「可是，領事先生，我必須把這個人留在這裡，等倫敦的拘票一到，就可以逮捕他了。」

「抓人是你的責任，」領事攤開雙手表示愛莫能助，「但我不能違反規定。」

領事的話音剛落，下屬就帶來兩位客人，而他們正是剛才與費克斯談話的那位僕人以及他的主人。只見主人拿出護照，請領事簽證。

領事接過護照，仔細檢閱上面的資料，問道：

「您是斐利亞．福克先生嗎？」

「是的，領事先生。」紳士回答。

「這位是您的僕人？」

「是的，他是法國人，名叫路路通。」

「您要去……？」

「孟買。」

這些對話被坐在角落的費克斯一字不漏地聽到了，他快速地在記事本上寫下對話的內容。

「先生，如今出國不需要簽證，也不要求檢查護照了。」領事親切地說明。

「我知道，領事先生，」福克回答：「但我需要用您的簽證，證明我曾經來過蘇伊士。」

「好吧，先生。」領事在護照上簽字，寫上日期，並且蓋了印。福克付了簽證費，向領事簡單道別後，就帶著僕人離開了。

「我百分之百斷定，小偷就是他了！」等他們一離開，費克斯就迫不及待地對領事先生說。

「但是拘票未到，您不能逮捕他們呀！」領事先生惋惜地回應道。

「沒錯，不過我馬上發了一封電報到倫敦，要求當局立即發一張拘票，並寄到孟買。而且我也要搭上蒙古號，跟著這個竊賊到印度去。等他一到那塊英國的屬地，我便可以拿出拘票，當場逮捕他。」費克斯說，「另外，從現在起，我要接近他的僕人，希望能從他口中套出更多有用的資訊。依我看，這個僕人一定不會像他的主人那樣守口如瓶，再說，他又是個法國人，法國人個性直率，是藏不住話的。再見，領事先生，祝我好運吧！」費克斯快步走出領事館。一刻鐘之後，他便提著簡單的行李上了蒙古號。

對於這些插曲，福克先生一無所知，他仍舊按照計畫行事。他向路路通交代了幾件該辦的事情之後，就自己先回蒙古號了。他坐在船艙裡，取出記事本，記了下面幾行字：

十月二日，星期三，晚上八點四十五分，離開倫敦。
十月三日，星期四，上午七點二十分，抵達巴黎；上午八點四十分離開。
十月四日，星期五，上午六點三十五分，途經悉尼山到達杜林；上午七點二十分離開。
十月五日，星期六，下午四點，抵達布林迪西；下午五點，搭上蒙古號。
十月九日，星期三，上午十一點，抵達蘇伊士。
總共費時：一百五十八小時三十分，即六天半。

福克先生把這些日期記在一本分欄的旅行日記上。本子上註明從十月二日起到十二月二十一日止，預計到達每一重要地點的日期以及實際到達的時間。重要的地點有巴黎、布林迪西、蘇伊士、孟買、加爾各答、新加坡、香港、橫濱、舊金山、紐約、利物浦、倫敦。只要每到一處，查對一下旅行日記，就能算出早到或遲到了多少時間。「十月九日，星期三，如期抵達蘇伊士。」福克先生在記事本上簡明地寫道。

印度

第三章　拯救艾娥達夫人

蘇伊士距離亞丁港正好是一千三百一十海里，根據半島輪船公司運轉規章上規定：該公司的船隻要在短短的一百三十八小時內走完這段路程。蒙古號加足馬力迅速前進，看樣子可以提前到達目的地。

對於在蒙古號上的生活，福克先生和路路通都適應得非常良好。除了偶爾遭遇狂風暴雨，讓蒙古號有些顛簸之外，大部分航程都非常順利。福克先生即使擔心可能發生意外事故，打亂他的環遊世界計畫，也絕不會在臉上顯露出來。他永遠是那樣一派從容。

蒙古號上的乘客，都是類似福克先生的有錢人，包括英國軍隊的將領、汲汲營營的商人和出國散心的貴婦們，因此船上的生活水準都是一流的。不論是上午的早餐、下午兩點的中餐、五點半的茶點或八點鐘的晚餐，餐桌上都擺滿了新鮮的烤肉和其他精美的小菜。每當海上風平浪靜的時候，船上還有樂隊演奏，人們可以聆聽優美的樂曲，或是隨著舞曲翩翩起舞。

福克先生還找到了新的牌友，一位是果亞新上任的收稅官，一位是回孟買的傳教士，另一位則是英國駐印度軍隊的旅長。這三位旅客對「惠斯脫」著迷的程度可不亞於福克，四個人一天到晚聚在一起玩牌。

路路通也不寂寞。他住在頭等艙房裡，吃著美味的食物，欣賞沿途的美景。對於這樣的旅行，他沒什麼不滿意，甚至打定主意，要吃得痛快、睡得舒服。此外，他也認識了新朋友。

十月十日，從蘇伊士出發後的第二天，路路通在甲板上遇見了在碼頭有過一面之緣的費克斯。

「我沒認錯人吧，先生，」路路通笑得咧開了嘴，「就是您在碼頭給我指路的吧？那時候真謝謝您！」

「我也認出來了，您就是那位古怪英國紳士的管家。」費克斯暗自竊喜，對自己佯裝與路路通偶遇的演技感到十分滿意。

「沒錯，請問先生您貴姓……」

「我姓費克斯。」

「費克斯先生，真高興又遇見您。」路路通說：「請問您要去哪裡？」

「跟您一樣去孟買。」

「太好了！您以前去過孟買嗎？」

「去過幾次，」費克斯回答：「我是東方半島輪船公司的代理人。」

「那您對印度一定很熟悉吧？印度是個有趣的地方嗎？」

「非常有趣！那裡有很多莊嚴且有著高尖頂塔的清真寺、宏偉的廟宇、托缽的苦行僧，還有寶塔、花斑老虎、黑皮毒蛇，以及能歌善舞的印度姑娘！我真希望您能在印度好好遊覽一番。」

「如果有時間的話，我又何嘗不想呢！只可惜我的主人打算用八十天環遊世界，所以行程安排得非常緊湊！」路路通滿臉惋惜地說。

「福克先生最近身體好嗎？」費克斯假裝隨意地問了一句。

「他很好，費克斯先生。我也還不錯，而且因為受了海上氣候的影響，我現在吃起飯來活像個餓鬼似的。」

「話說，您的主人呢？我怎麼都沒見他到甲板上來？」

「他從來都不到甲板上，畢竟他不是一個很有好奇心的人。」

「那路路通先生，您知不知道，這個所謂的八十天環遊世界的計畫，是否暗地裡負有另外的祕密使命……譬如說外交使命！」

「相信我，費克斯先生，我可以很坦白地告訴你，我真的什麼都不知道。基本上，我是完全不會花半毛錢去瞭解這種事的！」

自從這次不期而遇之後，路路通和費克斯就常常聚在一起聊天。這位警探想盡辦法接近路路通，不時請他到酒吧間喝幾杯威士忌或白啤酒，然後再旁敲側擊地打聽有關福克先生的一切事情。

路路通十分信任這位新朋友，他認定費克斯是個很正派的人，所以對於他的問題基本上是有問必答，但無奈路路通對他的主人也不太了解。

蒙古號的航行速度確實飛快。十月二十日，星期日，中午時分，印度的海岸線已經映入眼簾。碧藍的天空掩映著遠處的群山，一排排棕櫚樹生氣勃勃地伸向天空。蒙古號慢慢駛入了港灣，在下午四點半，抵達孟買碼頭。

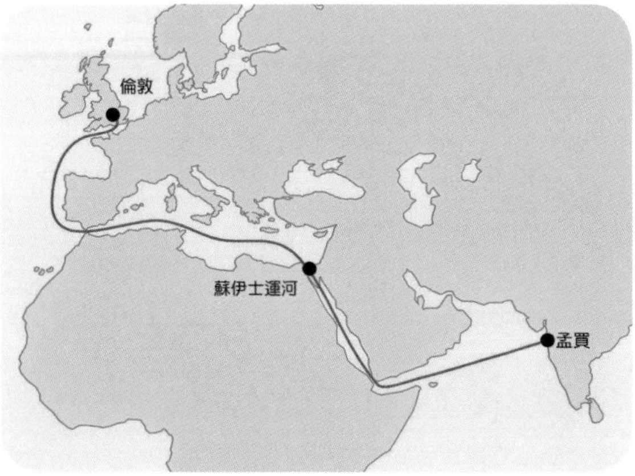

本來按照航程，蒙古號應該在十月二十二日才能

抵達孟買，但它在二十日就到了。所以算起來，福克先生賺到兩天的時間。路路通高興得手舞足蹈，但福克先生依然行若無事，只是把這段多出的時間寫在旅行日記的剩餘時間欄裡。

印度國土面積三百六十三萬平方公里，形狀如同一個倒放的大三角形。雖然當時印度是英國的殖民地之一，但實際歸英國治理的部分只有一百八十一萬平方公里，其餘的地區則不在英國女皇的管轄範圍內。實際上，那些地方仍歸印度當地的王公所管治，他們強勢兇猛，令英國政府也要對其忌憚幾分。

從前在印度旅行只能靠古老的方式，例如：步行、騎象、坐雙輪車或獨輪車及坐馬車等。如今在恆河與印度河上，有快速輪船航行；英國政府又修建了一條貫穿全境的大鐵路，以孟買為起點，穿越印度境內的高山、平原和河流，只需三天，就能抵達終點站加爾各答。

蒙古號的旅客在孟買下船的時間是下午四點半，而開往加爾各答的火車八點整才發車，福克先生正好利用這段時間去領事館辦理簽證。此外，他也讓路路通去添購一些東西，並一再叮囑他務必要在八點以前回到車站。

雖然孟買風光秀麗、景色新奇，但福克先生本人對此毫無興趣。辦完簽證後的福克先生走出領事館，不慌不忙地走回車站。他打算在車站裡吃晚飯，而餐廳老闆特別向他推薦了當地特產——炒兔子肉，還說這道菜餚的味道極佳。

福克先生接受了他的推薦，點了一盤兔子肉，仔細品嚐一番。然而，即便兔肉裡已經加了各種佐料，福克先生仍舊覺得這道菜有一股令人作嘔的怪味，於是他把餐廳老闆叫來。

「老闆，您確定這真的是兔子肉？」他望著餐廳老闆問道。

「當然，先生。」老闆厚著臉皮回答：「而且這還是野生的兔子。」

「那你們宰兔子的時候，是不是聽見牠在喵——喵——叫呀？」

「喵喵叫？噢！我的客人，這是兔子肉呀！我敢對您發誓……」

「發誓？不必了，老闆。」福克先生冷冷地說，「您只須記住一點：在印度，貓曾經被認為是神聖的動物，那個年代可真是牠們的黃金時代。」

「貓的黃金時代？」

「也可以說是旅客的黃金時代。」福克先生說完話後，就繼續安靜地吃晚餐。

就在福克先生下船不久後，警探費克斯也下了船。他一下船就跑去找孟買的警察局局長，並向他說明自己的身分以及此行的任務。

「局長先生，請問您有沒有收到從倫敦寄來的拘票？」費克斯問道。

「沒有，」局長回答，「如果是前不久才發出的，不會這麼快就到孟買。」

「那怎麼辦？」費克斯搔了搔頭，「局長先生，還是請您替我開一張逮捕福克的拘票吧！」

「不行！」局長斷然拒絕，「這不在我的職權範疇，而且只有倫敦的警察廳才有權簽發拘票。」

無可奈何的費克斯，只能悻悻的離開警察局。但他很快便振作起來，因為他決定一邊繼續跟蹤嫌犯，一邊耐心等待拘票寄來。只要一拿到拘票，就立刻逮捕他。

另一方面，路路通正在孟買的商店裡購買襯衣和襪子。在經歷了這段海上航行後，路路通漸漸接受主人真的要進行環球旅行的事實了。

「也許我命中註定不能過安穩的生活！」路路通安慰自己，「那我就要利用這段時間，好好地看看各地的風景。」

路路通在大街上恣意閒逛。孟買城風景新奇美麗，有宏偉的市政廳、漂亮的圖書館、古老的城堡以及壯麗的清真寺。大街上萬頭攢動，有戴禮帽的歐洲人、戴尖帽子的波斯人、用布帶纏頭的本雅斯人、戴方帽子的信德人、穿長袍的亞美尼亞人

以及戴黑色高帽的帕西人。這一切都深深吸引路路通，他睜大雙眼，瀏覽著這些新事物。

在返回車站的途中，路路通看見了一座美麗的寺院，於是他心血來潮，想進去參觀一下。殊不知，他卻因此闖下大禍，給自己和福克先生惹了不小的麻煩。

路路通不知道，印度有一些不能破壞的禁忌：第一，某些印度神廟明文禁止基督徒入內；第二，即便是信徒進廟，也必須先把鞋子脫在門外。雖然印度歸英國管轄，但為了安撫當地民眾，英國政府十分尊重且保護這些宗教習俗，任何違反規定的人都會受到嚴厲的懲罰。

毫不知情的路路通大搖大擺地走進寺院。當他正認真欣賞著光彩絢麗的印度教壁畫時，突然被人推倒在神殿的石板地上。三個怒氣沖沖的僧侶強行按住他，扒下了他的鞋襪，揍了他幾拳，嘴裡還惡狠狠地咆哮著。

在外闖蕩多年的路路通也不是省油的燈。他立刻翻過身，左一拳，右一腳，打倒兩個僧侶。趁對方倒地的時候，他拔腿就跑，三步併兩步衝出廟門。他一路飛奔，很快就把那些僧侶們撇在後面。

「真倒楣！碰到了一群瘋子！」路路通看著自己光溜溜的腳丫，長嘆了一聲。更糟糕的是，在打鬥中，他把先前買的那包東西弄丟了。但現在離八點只剩五分鐘，眼看火車就要開走，路路通只能光著腳、兩手空空地趕回火車站。

在月臺上，路路通簡單地向主人敘述了自己的遭遇。福克先生沒有動怒，只簡單地說了一句希望他以後別再遇上這種事情，便轉身上車了。

路路通狼狽不堪地跟著主人上了車。不遠處，另一個人卻偷偷下了車。警探費克斯一直尾隨福克先生，本打算跟他一起去孟買，但在偷聽到路路通和福克先生的對話後，突然靈光一閃，馬上改變主意，決定不走了！

「我得留下！既然他在印度境內犯了罪，我就能名正言順地抓人了。」費克斯自言自語地說。

隨著一聲響亮的汽笛聲，開往加爾各答的火車在深沉的夜色中出發了。

火車在印度境內馳騁，帶來千變萬化的美麗景色：青翠的高山、生長著麥穀和玉米的田野、棲居著淺綠色鱷魚的河川和池沼、整整齊齊的村莊、四季常青的森林，以及在河裡洗澡的大象和駱駝。夜晚降臨的時候，還能聽見虎、熊、狼等野獸所發出的一片嘶吼聲。

十月二十二日，早上八點鐘，火車在距離洛莎爾還有十五英哩時，突然在樹林中的一塊空地上停了下來。

「旅客們，在這裡下車了！」列車長沿著各個車廂叫道。由於火車忽然停在距離加爾各答還很遙遠的荒郊野外，所以連一向鎮定的福克先生也覺得有些莫名其妙，他派路路通去向列車長打聽是怎麼回事。

過一會兒路路通回來了，他有氣無力地向福克匯報：「先生，鐵路到盡頭了。」原來，報章上報導印度已經鐵路全線大貫通的消息是錯誤的。實際上，該工程還沒有完工，中間仍有一段八十多公里的鐵路還沒修建好。因此，即使火車票上所標註的路程是從孟買到加爾各答，但其實這段距離得由旅客們自行前往。

路路通勃然大怒，恨不得把列車長痛打一頓，但福克先生面臨這樣的情況仍沉著地說：「旅途中總會發生意外。沒關係，反正無論如何都不會破壞我的計畫，因為我還有多出的兩天時間可以彌補。二十五日中午，加爾各答有一艘開往香港的輪船，現在才二十二日，我們會按時抵達加爾各答的。」

福克先生、路路通以及福克沿途認識的一位牌友——法蘭西斯．柯羅馬蒂先生——一起下了車。火車停靠的地方十分偏僻，周圍的小鎮人煙稀少，物資缺乏，因此鎮上各類的代步工具，包括四輪大車、牛拉車、轎子或小馬等，在瞬間全變成了搶手貨，不到幾分鐘就被列車上的旅客搶購一空了。福克一行人較晚下車，所以他和柯羅馬蒂找遍了全鎮，也沒找到一件像樣的代步工具。

幸運的是，就在眾人一籌莫展的時候，路路通卻有了新發現，「先生，我已經找到代步工具了。」

「什麼樣的交通工具？」

「一隻大象！離這裡約百步遠的地方，住著一個印度人，他有一頭大象。」

「走，我們去看看。」福克先生說。

五分鐘後，福克、柯羅馬蒂和路路通便看到一所小土屋旁的柵欄裡，確實有一頭大象。這對福克先生來說，簡直太幸運了！在找不到其他交通工具的情況下，福克決心要租下這頭大象作為代步工具。

但接下來與象主的討價還價，讓福克費了好大一番功夫。因為大象在印度是非常珍貴的動物，主人們都特別寶貝。當福克問印度人是否肯把大象出租時，對方一口就拒絕了。無論福克先生如何加價，對方就是把頭搖得像波浪鼓一樣。

福克先生不氣餒，他向印度人提出要買這頭大象的請求，並開出了一千英鎊的高價。但狡猾的大象主人似乎看準這宗買賣絕對能夠大賺一筆，因此堅絕不肯答應。於是，福克先生便不斷往上加價，從一千一百英鎊，一千五百英鎊，一千八百英鎊，到最後竟加到了兩千英鎊。

貪婪的主人最終還是敵不過金錢攻勢，以兩千英鎊的價格成交了。當福克先生從旅行袋裡拿出一大疊鈔票付給大象主人時，路路通忿忿不平地嘀咕道：「根本就是衝著我們無法長途跋涉，他的大象才敢賣那麼高的價格。」

買賣成交後，就差一名嚮導了。於是，福克先生又以高價僱用了一位經驗豐富的帕西人作為他的嚮導。這個年輕人在大象的背脊鋪上鞍墊，在象身兩側掛上兩個坐起來並不太舒服的鞍椅。他安排柯羅馬蒂坐在大象一邊的鞍椅上，福克坐在另一邊，路路通坐在高高的象脊背上，他自己則趴在大象脖子上。九點鐘，大象啟程離開村莊，從一條最近的路線進入了茂密的棕樹林。

別看大象身體笨重，走起路來速度可飛快呢！只是苦了坐在大象身上的旅客們。一路上，柯羅馬蒂先生臉色發白，全身的骨頭像要散了一樣，只能強忍不適地蜷縮在椅子上，而福克先生卻仍輕鬆自如，彷彿是坐在自家椅子上一樣，讓柯羅馬蒂看著他感嘆道：

「真是鐵打的硬漢。」

「不是鐵打的，是鋼鑄的！」路路通一邊接話，一邊吃力地趴在象背上。路路通坐的位置最高，所以顛簸得最厲害。他一會兒被拋到象脖子上，一會兒被拋到象屁股上，忽前忽後，就像在玩翹翹板一樣。但路路通善於苦中作樂，他在路途中仍嘻嘻哈哈地開著玩笑，有時還從袋子裡掏出糖塊給大象吃。

經歷一天的艱苦跋涉，目的地已經近在眼前。就在大家認為這段旅程即將安然落幕時，大象突然表現出不安的樣子，裹足不前。此時是下午四點鐘。

「怎麼啦？」柯羅馬蒂從鞍椅裡探出頭來問道。

「我也不清楚，先生。」嚮導一面回答，一面傾聽從茂密的樹林中傳來的一

陣混亂、嘈雜的聲音。

又過了一會兒，聲音越來越大，聽起來像是人群的呼喊聲混合著銅樂器的敲打聲。路路通豎起耳朵，柯羅馬蒂感到緊張不已，福克先生還是耐心靜坐，一語不發，嚮導則從大象上跳下，鑽進茂密的灌木叢裡。幾分鐘後，他跑回來說：「婆羅門僧侶的遊行隊伍朝我們這裡走來了，快躲起來，別讓他們看見。」嚮導把大象牽到大樹背後，大家也紛紛找地方躲起來。

沒多久，一列打扮怪異的遊行隊伍從距離他們藏身之處十米左右的小徑經過。走在最前面的是一些頭戴尖高帽、身穿花袈裟的僧侶，前後簇擁著許多男人、婦女和小孩。他們高唱著輓歌，歌聲和鑼鈸的敲擊聲交織在一起。接著是幾位婆羅門僧侶，他們穿著豪華的東方式僧袍，正攙扶著一個步伐踉蹌的女人往前走。

這個女人看起來非常年輕，肌膚雪白，體態婀娜，渾身上下戴滿了珠寶首飾，顯得雍容華貴。在她身後，尾隨著很多衛兵。相形之下，這些士兵顯得殺氣騰騰。他們腰上掛著脫鞘的軍刀，肩上背著鑲金的長柄手槍，雙手抬著一頂雙人轎，轎上躺著一具死屍。這是一個印度王公的屍首，他和生前一樣穿著王公的華服，頭上纏著綴有珍珠的頭巾，腰間繫著鑲滿寶石的細羊毛腰帶，此外，還佩戴著印度王公專用的華麗武器。

隊伍的後方是樂隊和一群狂熱的信徒，他們的叫喊聲，有時甚至蓋過了震耳欲聾的樂器聲。整個遊行隊伍緩緩地向前移動，最後消失在叢林深處。

「這是怎麼回事？」待遊行隊伍經過後，福克先生疑惑地詢問。

「是寡婦殉葬，」柯羅馬蒂先生低聲回答：「殉葬就是用活人作為祭品，而我們剛才看見的那個女人，估計明天天一亮就會被燒死。」

「這也太野蠻了！」路路通憤怒地大叫。

「那死屍是誰？」福克問。

「他是那女人的丈夫，是班德肯的一位獨立王公。」嚮導回答。

「印度到現在還保留這種野蠻的習俗，難道英國當局都不管嗎？」福克先生口氣平穩地問道。

「在印度大部分地區已經廢除寡婦殉葬的習俗了，」柯羅馬蒂回答：「可是，在這深山老林裡，尤其是在班德肯的領地上，我們是管不了的。不過，這種活祭通常是殉葬者心甘情願的。」

柯羅馬蒂講這段話的時候，嚮導連連搖頭，等他講完，嚮導便說：「她可不是心甘情願的，這件事整個班德肯的人都知道。」

「這可憐的女人！她可是要被活活燒死啊！」路路通咕噥著說，「可是為什麼那個女人都不反抗呀？」

「因為她已經被大麻和鴉片熏昏了！」嚮導回答說，「她晚上會被關在離這裡不遠的庇拉吉廟裡，等明天天一亮，就會舉行儀式把她燒死。」

柯羅馬蒂和嚮導惋惜地嘆了一聲，路路通則不斷咒罵那群野蠻人，這時，福克先生突然說：「不如我們去把這個女人救出來吧！」

「什麼？」眾人齊聲大叫。

「我的旅程已提前十二個小時，所以有足夠的時間可以救她。」

「噢！您還真是好心呀！」柯羅馬蒂說。

實際上，這個救人的行動是十分冒險的，一旦失敗有可能被捕，甚至是遭受可怕的懲處。但是福克先生態度堅定，決定要拚死一搏。他的勇氣感染了其他人，大家都願意陪他赴湯蹈火。

他們打算等天黑後再行動，在這段時間裡，嚮導詳細介紹了這個女人的身世背景：她叫艾娥達，出身於孟買的富商家庭，是個頗有聲望的印度美女；她在孟買受過道地的英式教育，能說一口流利的英語，舉止風度堪比歐洲人。出於家族原因，而被迫嫁給那老王公，婚後才三個月，就成了寡婦。她得知按照習俗自己會被要求為丈夫殉葬後，就逃跑了，但不幸又被捉了回來。

嚮導的這番話，使福克一行人救人的決心變得更加堅定。

一個半小時後，大家到了庇拉吉廟附近。他們聽見廟裡人聲嘈雜，還看見門口有衛兵把守，因此根本沒有下手的機會。福克先生和同伴們一邊商議著解救女子的方法，一邊眼巴巴地等著。當黑夜降臨，情況依舊沒有改變；他們又繼續等待到第二天凌晨，卻始終沒有合適的時機。

旭日東昇，曙光初現，舉行火葬的時間到了。人群又再度喧鬧起來，鑼聲、歌聲、吶喊聲甚囂塵上，那名準備殉葬的寡婦被兩個僧侶從寺廟拖出來，昏昏沉沉地被拖著越過一群唸經的苦行僧，最後來到火葬壇上，然後被安置在她丈夫的身邊。緊接著有人伸出火把，那堆被油浸濕的木柴立即燃起熊熊烈火。

再不動手就來不及了！就在福克先生掏出隨身攜帶的匕首，準備奮不顧身地衝上祭壇時，一個戲劇性的畫面出現了。

火葬壇上的老王公突然站了起來，並用雙手抱起那名年輕的寡婦，走下祭壇。

在煙霧繚繞的火光中，他看起來就像一個妖怪！

僧侶們、衛兵們和信徒們都被眼前這一幕嚇壞，全部立刻跪伏在地，連連磕頭，誰也不敢抬頭去看這個妖怪。

復活的老王公一直走到福克和柯羅馬蒂身邊，然後耳語道：「快跑！」

原來是路路通！他在濃密的煙霧中偷偷地爬上火葬壇，並假扮成復活的老王公，製造了一陣恐慌，藉此機會將年輕女子從死亡邊緣救了回來。

一瞬間，他們四個人已經奔進樹林，迅速跳上他們的坐騎。待大家坐穩後，嚮導便吹了聲口哨，驅使大象向前飛奔。但他們的把戲很快就被揭穿了，僧侶們發現火葬壇上老王公的屍體，明白有人把寡婦劫走了，便立刻衝進樹林裡，一邊追趕，一邊不停地開槍。幸好福克等人跑得很快，沒多久便逃離子彈和弓箭的射程範圍。

這個膽大包天的救人計畫以勝利告終，最大的功臣當然是路路通了。柯羅馬蒂握著路路通的手表示祝賀，福克先生則簡潔地說了個「好」字。對於一個沉默寡言的紳士來說，這已經是最大的誇讚了。路路通也為自己的急中生智洋洋得意，忍不住哈哈大笑。至於那位年輕的印度女子，全然不知自己獲救的經過，仍舊不省人事地躺在鞍椅上。

在嚮導的熟練指揮下，大象繼續在森林中飛快奔馳。在接近十點鐘的時候，嚮導宣布他們已順利抵達阿拉哈巴德，只要在阿拉哈巴德搭上火車，不用一天一夜便能到達加爾各答。這個消息讓大家都雀躍不已。

「主人這麼慷慨，一定會多給這嚮導報酬的！」路路通暗自想到。

出乎意料的是，福克先生按照嚮導應得的錢如數支付，連一分錢也沒多給，但他給嚮導另外準備了一份大禮。

「你辦事能力佳，又熱心助人，」他對嚮導說：「我給了你應得的工資，但是這還不足以表達我的謝意。你要這頭大象嗎？牠歸你所有了！」

嚮導的眼裡閃爍著喜悅的光芒，說：「先生，您太慷慨了！」

「牽走吧！」福克先生謙虛地說，「即便如此，我還是欠你一份人情。」

「真是太好了！」路路通走到大象面前拿出幾塊糖餵牠，「吃吧！老兄，你真是頭好象！」

大象滿意地哼了幾聲，然後用牠的長鼻子捲著路路通的腰，把他舉得高高的。路路通一點也不害怕，他用手親切地撫摸大象。大象又把他輕輕地放到地上，路路通用手緊緊地握了一下大象的鼻尖作為回禮。

沒多久，福克先生、柯羅馬蒂先生和路路通已經坐在一節寬敞的車廂裡，他們讓艾娥達平躺在長椅上。火車飛快地開往加爾各答。

大約過了一個小時，這位年輕的婦人終於甦醒過來。當她發現自己躺在火車上，周圍還坐著一群素不相識的旅客時，一度花容失色，但在她得知事件的來龍去脈，便對這些同伴們充滿了無限感激。尤其對於提議救人的福克先生，艾娥達向他表達了衷心的感謝和無比的欽佩之情。

艾娥達夫人一邊說話，一邊流淚。她一想到自己還在印度境內，可能再次被捕，並遭受嚴重懲罰時，就忍不住全身發抖。

福克先生也想到了這一點，他說：「如果您願意，我可以送您到香港去，等事態平息之後再回印度。」

「非常感謝您！」艾娥達夫人眨著美麗的眼睛，凝望著她的救命恩人，「正好我有個親戚住在香港，我可以去投靠他。」

火車終於在早上七點鐘抵達加爾各答。福克先生在記事本上鄭重地寫下：「十月二十五日，抵達印度首都加爾各答。」從日記上可以看出，倫敦到孟買所節省出來的兩天時間，已經花費在橫越印度半島的旅途上，但想到他們的輝煌戰果，福克先生一點也不覺得後悔。

到這裡，柯羅馬蒂也要離開了，大家依依不捨地向他道別，因為幾天的同甘共苦已經讓他們成為了患難之交。

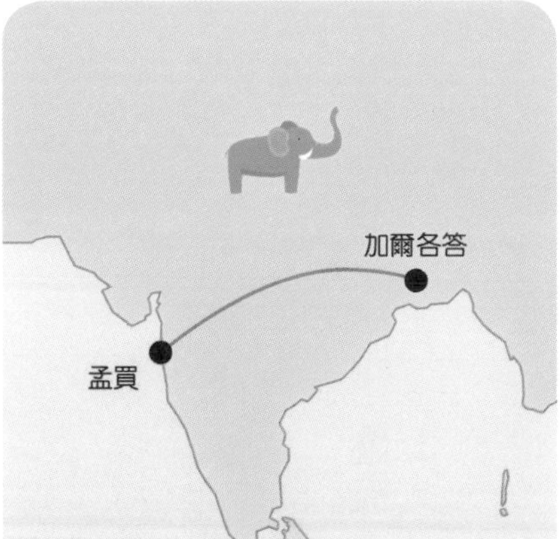

新加坡

第四章　警探費克斯出手

駛往香港的遊輪要到中午十二點才出發，因此福克他們還有五個小時的閒暇時間。路路通欣喜異常，準備趁這段時間好好逛逛印度這座最繁華的都市；而福克先生也準備帶艾娥達夫人去採買一些合適的新衣物。但他們一走出車站，就被一名員警攔住：

「請問您是斐利亞．福克先生嗎？」

「是的。」

「這一位是您的僕人？」員警指著路路通問道。

「是的。」

「那麻煩兩位跟我走一趟。」

福克先生絲毫沒有露出驚訝的神態，因為員警代表的是法律，而法律對於任何英國人來說，都是神聖而不可侵犯的。不過路路通天生就有法國人愛挑釁的個性，他想跟員警抗議，卻被福克先生用手勢制止了。

他們三人被帶到當地法院，然後關進一間裝設鐵窗的房間候審。

「糟糕，東窗事發，我們要被關起來了！」路路通無精打采地往椅子上一坐。

「先生，他們抓您一定是因為您救了我，」艾娥達夫人雖然極力保持冷靜，但從她的語調中可以感受到她內心的激動，「你們還是別再管我了！」

「不可能是為這件事情，」福克先生搖搖頭，「殉葬本來就是違法的，那些僧侶一定不敢去告狀。他們一定是搞錯了，您放心，我一定會把您安全送到香港。」

「可是十二點船就開了！」路路通提醒他。

「十二點以前我們一定能上船的。」這位紳士冷靜地回答。

八點半時，那名員警又來了。他把福克一行三人帶到隔壁的一個大廳裡。這是一個審判庭，公眾旁聽席上坐著很多歐洲人和當地人。福克先生、艾娥達夫人和路路通在法官和書記官席位對面的長凳上坐了下來。

法官歐巴第亞走進法庭，把吊在掛鉤上的假髮取下來，熟練地往頭上一扣，同時宣布：「開始審理第一個案件。」

於是書記官奧依斯特布夫開始點名：「斐利亞．福克？」

「我在這裡。」福克先生說。

「路路通？」

「有！」路路通回答。

「把原告帶上來。」法官一聲令下，旁邊一個小門便被打開，三個僧侶跟著一名法警走了進來。

「原告指控斐利亞．福克先生和他的僕人玷污了婆羅門神聖的寺廟，」法官高聲宣布，「此外，原告還有物證，也就是玷污寺院的犯人所穿的鞋子。」法官把一雙鞋子放在公案桌上。

「這是我的鞋！」路路通看到自己的鞋，感到十分驚訝，不自覺地叫了一聲。

這時，路路通那種狼狽不堪的心情可想而知。他早把自己在孟買闖的禍拋到九霄雲外了，完全沒想到他們今天竟會為了這件事在加爾各答受審。

他們並不知道，這一切都是警探費克斯一手操縱的。費克斯得知路路通闖禍後，特意拖延了從孟買出發的時間。他跑到事發地點，找到那群僧侶，並主動提出幫助他們得到一筆賠償費的建議。身為英國警探，他深知英國政府對於褻瀆宗教的懲罰是十分嚴厲的。他帶著三個僧侶，搭乘下一班火車來到孟買。福克主僕二人因為救人而耽誤了一些時間，所以費克斯一行人先抵達加爾各答。他們到達之後，便立即通知了當地法院，只等福克他們一下火車，就立刻將他們緝捕歸案。

這就是福克先生和路路通被帶到歐巴第亞法官面前的全部經過。況且，費克斯在加爾各答逗留期間，仍然沒有收到倫敦寄來的拘票，所以他只能透過這種方法扣留斐利亞．福克。

「這些事情你都認罪嗎？」法官問。

「是的。」福克冷冰冰地說。

法官於是宣判：「根據大英帝國對印度人民各種宗教一視同仁、嚴格保護的法律，以及被告路路通先生已經承認曾於今年十月二十日玷污孟買寺廟的事實，本庭判決被告路路通禁閉十五日，並罰款三百英鎊。」

「三百英鎊？」路路通嚷道，他為自己的魯莽行為感到後悔不已。

「別說話！」法警喝斥了一聲。

「此外，」法官歐巴第亞接著宣判，「由於福克先生無法提出不在場證明，因此也必須為自己僕人的行為負起部分責任。據此，本庭宣判斐利亞．福克禁閉八天，並罰款一百五十英鎊。」

坐在角落旁聽的費克斯心裡頓時一陣狂喜，心想：「福克要在加爾各答禁閉八天，屆時倫敦的拘票肯定也寄到了。」而路路通卻完全呆住了，這個判決意味著主人的賭約必輸無疑，兩萬英鎊的賭注金也將落入別人手中。

但是，斐利亞．福克先生依然不動聲色，就連眉頭都沒有皺一下，彷彿這個判決與他毫無關係似的。正當法官宣布開始審理下一個案件時，福克先生突然站起來說：「我要交保。」

「那是您的權利，」法官說，「但基於福克先生和其僕人的外籍身分，兩名被告必須各繳付保證金一千英鎊。」

兩千英鎊在當時可是一筆鉅款呀！但福克先生毫不遲疑，他從路路通背著的旅行袋裡拿出一疊鈔票，放在書記官的桌子上。

「現在您算是交保後無罪釋放了，」法官說，「這筆錢等您回來服刑，期滿出獄後便會全數歸還。」

「走！」福克先生對他的僕人說。他們叫了一輛馬車，接著便揚長而去。

看到福克先生如此大手筆，費克斯氣得直咬牙，「這個流氓，居然就這樣豪擲兩千英鎊！真是偷來的錢不知道珍惜！哼！我一定要把你緝拿歸案！不然，照這樣下去，偷來的錢很快就會被揮霍一空！」

費克斯之所以如此擔憂福克先生的花費是有原因的，實際上福克先生自從離開倫敦以後，光是旅費、買象、保證金和罰款的開銷，就已經花掉五千多英鎊了。這樣算下來，按追回贓款總數比例發給警探的獎金，也就越來越少了。

福克先生一行人順利登上了開往香港的遊輪「仰光號」。這是一艘有螺旋推進器的鐵殼船，航行速度和蒙古號差不多，但設備卻不如蒙古號，艙房的舒適程度也差強人意；所幸走完這條航線只需十一、二天，因此大家僅須忍耐一陣子。

仰光號的第一段路程因為風向非常利於航行，所以走得一帆風順。不久，船上的旅客們便望見了安達曼群島。安達曼群島的風景非常優美，那裡一望無際的森林幾乎遍布全島海岸，森林的後面是層巒疊嶂的高山，天上還盤旋著成群且珍貴的海燕。行經安達曼群島後，仰光號便迅速地航向馬六甲海峽，這條海峽是通往中國領海的必經途徑。

在這一段航程中，那個被迫跟著環遊世界的倒楣警探費克斯在做什麼呢？其實，他在離開加爾各答前，就已經申請把拘票轉寄到香港了，而他也偷偷地登上了仰光號，準備在香港拘捕福克先生。

香港是福克旅途中的最後一塊英國殖民地，在那裡，只要有英國的拘票，費克斯就能輕而易舉地把福克先生抓起來，交給當地的警察局。但是過了香港之後在中國、日本、美洲等地方，除了拘票之外，還必須辦理引渡手續，而其過程既繁雜又費時，一旦中間出現任何差錯，都有可能讓這個竊賊逍遙法外。因此，若他無法在香港抓住福克，之後便很難再找到逮住他的好機會了。

於是，費克斯決定這次一定要在香港拖住福克，「在孟買我失敗了，在加爾各答我也沒成功，要是在香港再讓他溜走，那我這個警探的臉就要丟光了！可是，我究竟要用什麼辦法才能成功拖住福克呢？」

深思熟慮後，費克斯決定先跟路路通打開天窗說亮話，讓他看清自己主人的真面目。等路路通明白事實真相之後，他一定會拒絕與主人同流合污，並且幫助自己逮捕福克；但費克斯又有些擔心，萬一路路通與他的主人是同夥，和他攤牌豈不是搬石頭砸自己的腳？所以他決定謹慎行事，先打探一下路路通的口風。

十月三十日，費克斯走上甲板，故意裝作驚訝萬分的樣子和路路通搭訕，「咦！您也在仰光號上！」

「嗨！費克斯先生，原來您也在這艘船上！」路路通認出了這位在蒙古號上跟他同船的旅伴，「您一路和我們同行，難道你也要環遊世界嗎？」

「不，不，」費克斯回答說，「我打算去香港旅遊。」從開船到現在，費克斯一直躲著路路通，就怕遇見這種尷尬的問題。

「哦！」路路通愣了一會兒說，「可是從加爾各答開船到現在，我怎麼都沒見到您呢？」

「呃，這幾天我不太舒服……有點暈船……我一直在我的艙房裡躺著……」費克斯臨時編了個謊言搪塞過去，「您的主人還好嗎？」

「他的身體非常好！您不知道，我們在印度遇到了很多有趣的事情，甚至還英雄救美呢！」路路通的話匣子一被打開，就再也收不住了。他連珠炮似地把過

去幾天發生的事情，統統告訴費克斯，包括如何在孟買寺廟闖禍、怎麼在火葬壇劫救了艾娥達夫人、怎樣在加爾各答花鉅款獲得保釋等等。費克斯假裝饒有興趣地聽著，雖然有些事情他早就知道了。

「我們去喝杯杜松子酒吧。費克斯先生，我們能在仰光號上重逢，也是個難得的緣分啊！」路路通愉快地邀請費克斯，而對方也欣然同意了。

雖然「他鄉遇故知」讓路路通十分開心，但他也開始覺得事情有些蹊蹺。為什麼費克斯又一次跟他的主人同搭一艘船？要說是巧合，也太巧了吧？而且為什麼他總愛打聽福克先生的事情？他是誰派來的？究竟想做什麼？

路路通沒想到福克先生被別人當成竊盜了，因此他想到的合理解釋是：費克斯是革新俱樂部裡那些和福克打賭的牌友們派來的密探，目的是要監視福克先生這次環遊世界，是否有按照指定的路線老老實實地進行。

路路通對自己的發現非常得意，但他不打算把這件事告訴福克先生，因為他覺得福克先生若得知牌友們懷疑他，自尊心肯定會受到打擊。不過他決定暗中捉弄那個費克斯，讓他明白自己已經知道他的祕密任務。於是，在接下來的旅程中，他常常在言談間逗弄費克斯。

「嘿！費克斯先生，到了香港之後，您就留下不走了嗎？那我真是會捨不得和您分開呀！」

「這個……」費克斯面有難色地回答，「這也難說，也許……」

「身為東方半島輪船公司的代理人，您怎麼能在中途停下呢？」路路通故作無辜地說，「要是您還繼續跟我們同行，那就真是太幸運了！您本來說只去孟買的，現在馬上又要到中國了。接下來踏上美洲大陸也指日可待，然後從美洲回到歐洲也是近在咫尺！」

還有一次，路路通問費克斯，「您這份職業是不是能賺很多錢呀？」

「不一定，」費克斯回答說，「有些任務待遇好，有些任務待遇差。不過有一個好處，那就是我不需要負擔旅費！」

「這我早就知道了！」路路通故意眨了眨眼睛。

這些話把費克斯弄得糊里糊塗的。他認為自己行事謹慎，從沒暴露過自己的身分，但是從路路通的神情看來，他似乎已經看出一些端倪。最可惡的是，路路通從不點破，也不當面揭穿他，這讓費克斯更加心神不定。最後他決定，如果到了香港還不能逮住福克的話，就跟路路通澈底攤牌，逼他做出棄暗投明的選擇。

十月三十一日星期四清晨四點，仰光號比預計時間提前半天抵達新加坡，福克先生照例把這提早的半天時間寫在了旅行日記的「剩餘時間」欄內。由於仰光號需要添加燃料，福克先生便陪同艾娥達夫人上岸觀光。

新加坡島就像一座美麗的花園，福克先生和艾娥達夫人坐在一輛漂亮的馬車裡，由兩匹從荷蘭進口的駿馬拖著，在長著綠色葉子的棕櫚樹和丁香樹林裡奔馳。空氣中彌漫著濃郁的豆蔻樹香氣，路旁還有椰子樹和茂密的羊齒草。偶爾還能瞥見樹林中成群的猴子，鬼鬼祟祟地探頭出來，向遊客們討東西吃。

艾娥達夫人和她的旅伴坐著馬車遊覽了兩個小時。雖然福克先生對這些風景沒什麼興趣，但卻是個好嚮導，他耐心地為艾娥達夫人介紹各處景色，令美麗的艾娥達夫人對他的欽佩之情又增添了一分。

十一點鐘，仰光號加好煤後，就離開新加坡航向香港了。福克先生希望能在六天之內到達香港，以便趕上十一月六日從那裡開往日本橫濱的一班遊輪。

香港

第五章　趕不及了！

如果說前一陣子的海上航行是由於天公作美，所以一直都很順利的話，那接下來的航程就表示幸運之神不再眷顧福克先生了。

天氣本來相當好，但是，隨著半圓的月亮在東邊出現，天氣就開始變壞了。海上巨浪翻騰，海風也刮得很急，幸虧風是從東南方吹來，有利於仰光號的航行。當船處於迎風面時，船長便下令張起全部船帆。在海風和引擎的雙重動力下，航行的速度大大提升。

從十一月二日起，海上的天氣開始惡化。風愈來愈大，且持續刮起西北風，阻擾著仰光號的前進。狂風怒吼，海浪奔騰，仰光號在狂風暴雨中左右搖擺，隨時都有傾覆的可能。在這樣的情況下，船長不得不下令收起大帆，讓船身斜頂著海浪緩緩前進，航行速度因此大大降低。照此下去，抵達香港的時間將比預訂時間延遲二十個小時，那福克先生就會趕不上開往日本橫濱的遊輪。

惡劣的天氣也影響了旅客們的日常生活。有些人受不了顛簸，整日上吐下瀉，

病懨懨地躺在艙房裡；也有人擔心害怕，日夜祈禱暴風雨早日過去，讓輪船能夠安全抵達；但也有人早就習慣海上生活，即使面對惡劣環境也能處之泰然。

福克先生正是最後一種人。面對波濤洶湧的大海，他依然面不改色，連眉頭也沒有皺一下，每日依然按時用餐，閒暇時就和其他乘客們打牌。對於船隻可能會遲到的消息，他也欣然接受，完全沒有急躁和煩惱的情緒，好像他在制定旅行計畫時，就預料到會有這一場暴風雨似的。

但是，費克斯對於這一場暴風雨，卻有另一種完全不同的看法。實際上，遇上這種壞天氣正是他求之不得的。他和船上其他乘客完全相反，天天在心中祈求暴風雨繼續。如果仰光號還必須靠岸躲避暴風雨的話，那就更好了。不管什麼樣的耽擱都對他有利。想到福克可能趕不上去日本的遊輪，勢必要在香港多留幾日，他就樂不可支。雖然他有點暈船，但是身體上的小小痛苦根本算不了什麼，他的心情可是興奮萬分呀！

至於路路通，他的火爆脾氣完全被這場暴風雨激發了！一想到他的主人可能因遲到而輸掉一半的家產，他就忍不住大發雷霆。他一刻也坐不住，總是在艙房裡來回踱步，怨天尤人；或是跑到駕駛艙，一而再、再而三地向船長、領班和水手詢問同樣的問題：「暴風雨什麼時候停？明天天氣會好轉嗎？仰光號能準時到達嗎？」這些問題讓船員們不勝其擾，以至於大家都對他避之唯恐不及。

十一月四日，風浪終於平息了。海上的情況稍微好轉，海風也變得和緩許多，路路通的臉色也像天氣一樣開始變晴朗了。仰光號重新升起了大桅帆和小桅帆，並以飛快的速度前進。但是，失去的時間已經無法彌補。仰光號將會延後二十四小時，也就是十一月六日才能抵達香港，到時他們肯定趕不上開往橫濱的遊輪。

六日下午一點鐘，仰光號終於停靠在香港碼頭，旅客們紛紛下了船。路路通沮喪至極，他悶聲不響地收拾行李下船，在路過港口管理員的時候，也不去打聽是否有前往橫濱的船。費克斯則在心中竊喜，但他極力掩飾，避免被路路通看透他的幸災樂禍而將他暴打一頓。福克先生還是和往常一樣平靜，他輕描淡寫地詢問港口管理員：「從香港開往橫濱的輪船什麼時候啟航？」

「明天早上張潮的時候。」管理員回答。

福克先生「噢！」了一聲，臉上沒有一絲驚訝的表情。一旁聽到的路路通高興得跳了起來，而費克斯則恨得咬牙切齒。

「這艘輪船叫什麼名字？」福克先生問。

「卡爾納蒂克號。」管理員說。

「這艘船不是應該在昨天啟航嗎？」

「是的，先生。但是船上有個鍋爐需要修理，所以就改到明天了。」

「謝謝您。」說完這句話，福克先生就走下船了。這時路路通跑上前去，給了管理員一個熱情的擁抱，還連連稱讚他是個好人。管理員一頭霧水，完全不明白為什麼幾句簡單的回答，會博得如此熱情的感激。

經此一事，路路通打從心底認定他的主人是個善良的人，所以連老天爺都眷顧著他。如果卡爾納蒂克號不是要修理鍋爐的話，早在十一月五日就已經開走了。那麼，要去日本的旅客就只能等待八天後才能搭下一班船。但如今，福克先生雖然遲到了二十四小時，卻還能及時搭上船，不至於嚴重影響他下階段的旅行計畫。

不過在福克先生看來，這一切與運氣毫無關係。實際上，從香港去日本的遊輪與從加爾各答到香港的遊輪是銜接的，前者不可能在後者未抵達之前就先行出發。

因此，香港的船誤點了，開往橫濱的船也會相應順延。如今雖然遲到了一天，但他們接下來還有很長的航行，要把這一天的時間補回來並不難。

總體看來，斐利亞．福克先生從倫敦出發的這三十五天以來，除了這二十四小時以外，其餘的行程皆有按照計畫完成。

卡爾納蒂克號要到明天早上五點鐘才出發，所以福克先生還有十六個小時可以辦理一些私事，而其中一件就是幫艾娥達夫人尋找她的親戚。一下船，福克先生就陪同艾娥達夫人去找她那位有錢的富商親戚。不幸的是，他們在富商工作過的地方，打聽到富商先生早在兩年前因投資獲利豐收就離開香港，搬回歐洲去了。

聽到這個消息，艾娥達夫人一句話也不說，想了一會兒後，才輕輕地嘆道：

「唉！我接下來該怎麼辦呢？」

「這很簡單，」福克說，「到歐洲去。」

「可是我怕會妨礙到您……」

「這完全不是問題。您與我們同行，並不會干擾到我的旅行計畫。」

艾娥達夫人的眼睛裡頓時充滿感激，似乎還夾雜著一絲含情脈脈。福克先生還是一如往常地鎮靜，完全不把自己的慷慨之舉當一回事。他就像是一顆高懸在眾人之上的行星，穩定地沿著自己的軌道環繞地球而行，毫不憂慮那些在周圍運行的小行星。

「路路通，」福克先生吩咐道：「去卡爾納蒂克號訂三個頭等的艙位。」

「是，先生！」路路通一邊回應，一邊往外走，他非常高興能繼續跟溫柔美麗的艾娥達夫人一起旅行。

香港原先是中國的領土，但於一八四二年的鴉片戰爭之後，戰敗的中國簽訂《南京條約》，被迫將此島割讓給英國。英國在這塊殖民地上興建了一個大都市，這裡有船塢、醫院、碼頭、倉庫、一座哥德式大教堂和一座總督府，整個城市的建築風格也與英國沒什麼兩樣。

路路通兩手插在衣服的口袋裡，悠然地走向維多利亞港。在他看來，香港和他沿途經過的孟買、加爾各答或新加坡等差不多，都是英國城市鏈上的一環，只不過間隔的距離遠了一些而已。

路路通在卡爾納蒂克號停靠的碼頭上又遇見了費克斯，但警探看起來一點也不高興，彷彿碰到了什麼煩心事。

「福克先生順利趕上船了，那些革新俱樂部的紳士們可要難過好一陣子了，」

路路通心裡想著，「難怪費克斯看起來一副悶悶不樂的樣子！」

費克斯的確心情不好，因為儘管仰光號晚到了一天，從孟買轉寄過來的拘票仍然還沒有送達。現在，他唯一的辦法就是拖著福克在香港多待幾天，要是讓他離開這趟旅程中最後的英國管轄地，以後再想逮捕他就沒這麼容易了。

「您好！」路路通無視費克斯的煩惱，笑嘻嘻地與他打招呼，「您決定跟我們一同到美洲去了嗎？」路路通問。

「是啊。」費克斯有氣無力地說。

「那就快走吧，」路路通哈哈大笑，「我早就知道您是不會跟我們分開的。我們一起去訂船票吧！」

他們一同走進遊輪售票處，訂了四個艙位。這時售票員告訴他們說，卡爾納蒂克號已經提前修好了，原本計畫明天早晨才開船，現在改成今晚八點鐘就起航。

「太好了！」路路通興奮地說：「這對福克先生來說真是再好不過了。我馬上去通知他！」

第六章　僕人路路通失蹤

想到福克先生又有機會提早離開，讓費克斯心裡一陣失望，他決定向路路通講明一切，盡力把他拉攏過來，一起拖住福克，讓他在香港多待幾天。打定主意之後，費克斯就請路路通到酒館喝酒。路路通看時間還早，便接受了他的邀請。

碼頭對面就有一家門面考究的酒館，他們兩人直接走了進去。酒館內部裝修得富麗堂皇，大廳裡擺滿藤製的桌椅，裡面坐著三、四十名顧客，有人大口喝著清淡的啤酒；有人小口啜飲著濃烈的燒酒；但更多的人則是在吸著長杆煙槍，煙葫蘆上裝著用玫瑰露和鴉片製成的煙泡。

一旦吸煙的人昏厥過去，身子癱倒在桌子底下，酒館的服務生就會把他抬到屋內的板床上，和其他同樣暈過去的煙鬼安置在一起。二十多個昏迷的煙鬼一字排開躺在板床上，看起來狼狽不堪。

唯利是圖的大英帝國每年都會販售大量鴉片給中國。雖然中國政府試圖用嚴刑峻法來杜絕這種惡習，卻仍然無濟於事。吸鴉片的人從富人一直蔓延到窮人，不分

酒

男女皆染上了這個惡習。鴉片容易使人上癮，一旦吸食就再也戒不掉，不僅如此，鴉片還對人體有很大的危害，吸鴉片的人通常不到五年就會死去。這樣的大煙館在香港比比皆是。

費克斯點了兩瓶葡萄牙紅酒，和路路通開懷暢飲。其實，狡猾的費克斯自己喝得很有分寸，卻一直向路路通勸酒。幾杯黃湯下肚後，路路通就面紅耳赤，頭暈目眩了起來。

「我得回去提醒福克先生早點上船了。」路路通搖搖擺擺地站起來。

「再坐一會兒，我有緊急的事情要和你談，是關於你主人的事情。」費克斯一把拉住路路通。看費克斯一本正經的樣子，路路通又坐了下來。

費克斯壓低聲音說：「你已經猜出我的身分了吧！」

「當然！」路路通笑著說，「不是我說呀，那些老爺們可是白花那些錢了。」

「白花錢了？」費克斯說：「我看你根本不知道這件事牽涉了多大一筆錢！」

「你錯了，我知道，」路路通說：「兩萬英鎊！」

「不是兩萬，」費克斯抓緊路路通的手說：「是五萬五千英鎊！」

「怎麼……」路路通叫著說：「福克先生他居然敢拿……五萬五千英鎊……好

吧，這就更不能耽擱了！」說完，他又站了起來。

費克斯一面強拉著路路通坐下來，又叫了一瓶白蘭地，一面接著說：「好吧，那我現在把所有情況都告訴你。如果這事辦成了，我可以得到兩千英鎊獎金。只要你肯幫忙，我就分你五百英鎊。要不要？」

「要我幫你的忙？」路路通大聲說道，他的兩隻眼睛簡直都瞪圓了。

「對了，你幫我拖住福克先生，讓他在香港多待幾天！」

「可是這是個陰謀！」路路通嚷嚷著。費克斯敬他一杯他就喝一杯，根本沒注意自己喝了多少，「這是不折不扣的陰謀！這些老爺們，還算是朋友嗎？」

費克斯開始覺得他的話文不對題了，「等一下，你到底以為我是什麼人？」

路路通笑了起來，「你是革新俱樂部那些多疑的紳士們派出來的密探，專門來盯我家主人是不是按照既定路線環遊世界的。說實話，你這趟是白來了，因為以我家主人的人品，這種事情是絕對不會發生的。而且我早就看穿你的身分了，」路路通滔滔不絕地接著說，「可是我一個字也沒告訴福克先生。」

「他一點也不知道？」費克斯激動地問。

「完全不知道。」路路通說著又喝了一杯。

警探沉思了一會兒：原來路路通誤會了自己的身分。這也說明他絕對不是福克的同謀。不過，費克斯沒有把握他會不會幫助自己。可是現在情勢逼人，他也只能放手一搏了。

「你仔細聽著，」費克斯表情嚴肅地說：「我不是你猜想的那種人，也根本不認識什麼革新俱樂部的紳士們……」

「是哦！」路路通嘲諷地望著費克斯說。

「我是倫敦警察廳的警探，接受了倫敦警察廳的任務……」

「您……倫敦警察廳的警探……」

「我給你看證件，」費克斯說，「你看，這是我的出差證明。」

警探從他的皮夾裡拿出一張證件給路路通看，那是倫敦警察廳廳長所簽署的證明。路路通被嚇傻了，兩眼發直地瞪著費克斯，一句話也說不出來。

「福克先生環遊世界只不過是個藉口，你和那些革新俱樂部的會員都被他騙了。」費克斯說。

「他為什麼要這麼做？」

「九月二十八日那天，英國國家銀行被人偷走了五萬五千英鎊。這個小偷，就是你的主人，他想藉著打賭的名義逃之夭夭。」

「胡說八道！」路路通大力捶著桌子說：「我的主人是世界上最正派的人。」

「你怎麼知道？」費克斯反問道，「你是在他動身離開倫敦那一天才到他家工作的，根本就不瞭解他！」

「不會的，福克先生不可能是小偷！」可憐的路路通機械式地抗辯道。

「那麼你是願意作為他的同夥一起被捕了？」

路路通雙手抱著腦袋，陷入一片迷惘。福克先生，一個如此見多識廣、慷慨大方、見義勇為的紳士，真的會是竊賊嗎？

「那你要我怎麼做？」路路通鼓起勇氣詢問。

「我一直緊盯著福克先生的行蹤，」費克斯說：「但我還沒有收到倫敦寄來的拘票，所以我需要你幫我拖住他，想辦法把他留在香港……」

「你叫我……」

「我可以跟你平分英國國家銀行懸賞的兩千英鎊獎金。」

「我不做！」路路通結結巴巴地說，「即使你剛才說的都是真的……即使我的主人真的是個賊……我也不承認……我覺得他是個好人，是個正人君子。要我出賣他，我辦不到！就是把全世界的金子都給我，我也不會那麼做……」

「你拒絕嗎？」

「我拒絕！」路路通試圖站起來，但他實在喝得太多了，一站起來就天旋地轉的，只好又坐了下來。

「既然你不願意，那就當我什麼也沒說過吧。」費克斯虛情假意地說：「來，我們繼續喝酒。」

「好，我們喝酒！」

路路通覺得越來越醉了，而費克斯認為現在必須不惜任何代價，把路路通和他的主人分開。於是他決定一不做，二不休，拿起桌上一支裝了鴉片的煙槍，遞到路路通手裡。路路通迷迷糊糊地接過，放到嘴裡吸了幾口，結果路路通當場昏了過去。

「哈哈……這下就沒有人會去通知福克先生，告訴他卡爾納蒂克號提早開船的消息了。」費克斯隨即付了帳，揚長而去。

當費克斯和路路通在酒館裡爭論時，斐利亞．福克正陪著艾娥達夫人在香港街頭散步。福克先生為艾娥達夫人購買了很多衣物和生活用品，為她此後的長途旅行

做好萬足的準備。

「不用了，不用了。」艾娥達夫人懇切地推辭說：「福克先生，您已經買很多了，請不要再破費了！」

「這是我自己路上要用的，原本就計畫好要買的。」福克先生依舊我行我素地把所有的東西買下來。

逛完街之後，福克先生和艾娥達夫人回到大飯店，享用了一頓豐盛的晚餐。飯後，艾娥達夫人覺得有點疲倦，她向福克先生道晚安後，就回自己的房間。

福克先生也回到自己房裡，一整個晚上都在專心地閱讀《泰晤士報》和《倫敦新聞畫報》。假如福克先生是一個對任何事情都感到好奇的人，那麼他就會察覺到自己的僕人徹夜未歸，又或許是他知道開往橫濱的船明天早晨才啟程，所以對此事沒太在意，頂多以為路路通只是比較貪玩而已。

直到第二天早上，路路通仍然不見人影，福克先生才覺得有點意外。不過他沒時間細想，因為已接近開船時間，只能期待在碼頭會和路路通碰面了。福克先生自己提了旅行袋，一面叫人通知艾娥達夫人，一面叫人去僱轎子。

福克先生和艾娥達夫人一起乘上轎子，去了碼頭。可是，讓他們失望的是，碼頭的工作人員告訴他們，卡爾納蒂克號昨天晚上就已經開走了。此外，他們還是沒看到路路通的人影。

禍事成雙讓艾娥達夫人頓感焦慮，但福克先生仍然十分鎮靜地安慰她：「這只是個意外，夫人，沒關係的。」

就在這時候，一直在碼頭等候的費克斯走了過來。他佯裝從來沒看過福克先生地與他打招呼，「您不就是跟我一起搭乘仰光號到香港來的旅客嗎？」

「是的，先生，」福克冷冰冰地說：「請問您是……？」

「我叫費克斯，冒昧地問一句，你們原本是不是預備搭乘卡爾納蒂克號離開？」

「是的，先生。」

「我也是。可是我萬萬沒想到，卡爾納蒂克號的鍋爐昨晚修好，竟然提早十二個小時開走了。現在就只好再等八天，搭乘下一班船離開了！」

費克斯講到「八天」這兩個字的時候，還故意加重語氣。福克得在香港待八天！等拘票寄達的時間是綽綽有餘了。屆時，他就可以大顯身手了！

「但在我看來，除了卡爾納蒂克號之外，香港港口應該還有其他的船。」福克慢悠悠地說道。接著他就讓艾娥達夫人挽著自己的手臂，一起走向船塢去找尋其他即將啟航的輪船。費克斯不知如何是好，只能盲目地跟在後面，彷彿福克先生的手上有一根線牽著他似的。

福克先生在港口到處打聽有沒有船馬上就要啟程，整整跑了三個多小時仍然一無所獲。就在福克打算去澳門找船的時候，一名海員迎面朝他走來。

「先生，您在找船嗎？」海員脫帽致意，向福克先生詢問道。

「有馬上要開的船嗎？走得快嗎？」福克先生問。

「確實有一艘引水船，先生，它平均每小時至少可以跑八海里。」海員回答說，「您是要乘船到海上觀光嗎？」

「不，我要搭船遠行，」福克先生說，「您能送我到橫濱嗎？」

海員聽了這句話，不自覺地舉起雙臂，瞠目結舌地看著福克，「先生，您是在開玩笑吧？」

「不是開玩笑！卡爾納蒂克號開走了，但我必須在十四日以前趕到橫濱，因為我要趕上開往舊金山的船。」

「抱歉，這可沒辦法，我們這種小船完全不適合在海上長途航行。」

「我每天給你一百英鎊的船費，如果你能及時趕到，我再給你兩百英鎊的獎金。」

海員有些心動了，他在「發一筆橫財」和「海上冒險」之間掙扎。片刻後，海員開口道：「先生，我不能拿我的船員和您的性命去冒這個險。這麼遠的航程，尤其是用一艘只有二十噸的船去進行這麼一次長途航行，而且又在這個時節。再說，我們也不可能按時抵達，畢竟從香港到橫濱足足有一千六百五十海里呢！」

海員的這一席話，讓費克斯心裡瞬間樂開了花，艾娥達夫人則憂心忡忡，福克先生還是面不改色。

「還有其他辦法，」海員說，「從這裡開往日本南端的長崎港口，兩者之間的距離只有一千一百海里，或者是只到上海，上海離香港只有八百海里。這兩條航線我這艘船都還能承受。」

「海員先生，我要到橫濱去搭美國的船，我不去上海，也不去長崎。」

「為什麼不去上海或長崎呢？開往舊金山的遊輪並不是從橫濱出發，而是從上海，橫濱和長崎只是兩個中途停靠的港口。」

「您確定嗎？」福克先生揚起了眉毛，「去舊金山的船什麼時候離開上海？」

「十一日下午七點鐘，所以我們還有四天的時間。四天就是九十六個小時，我們按每小時平均走八海里計算，只要抓緊時間，而且海上持續吹著東南風的話，我們就能及時趕到。」

「您的船什麼時候可以開？」

「一個小時後就可以開了，我需要去買點糧食，還需要做點行前準備。」

「好，我們一言為定。」福克先生決定租下這艘船。費克斯眼見煮熟的鴨子要飛了，心裡又急又氣。這時，福克先生轉過身來問費克斯要不要同行，為了繼續跟蹤，費克斯立即答應了同行的提議。

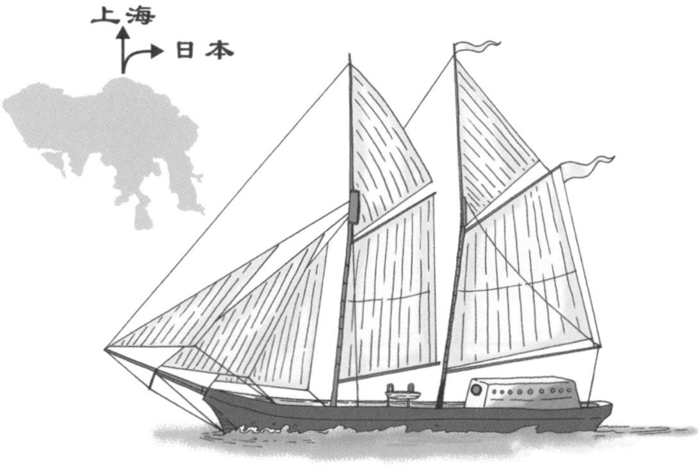

「可是路路通呢……」艾娥達夫人很為他擔心。

「我會安排妥當的。」福克先生說。於是，福克先生去了趟香港的警察局，向他們描述了路路通的外貌特徵，並留下一筆足夠讓他回國的旅費，接著又到法國領事館辦了同樣的手續後，才再度返回港口。

這艘引水船叫「唐卡德爾號」，重二十噸，是一艘很漂亮的機帆船。船上設備齊全，除了有兩支稍微向後傾的大帆，還有後檣梯形帆、前中帆、前檣三角帆、外前帆和頂帆。輪船保養得很好，船上的銅具全都閃閃發亮，就連鐵器也都做過電鍍處理，此外，甲板上一樣也是乾乾淨淨的。更重要的是，唐卡德爾號的船主約翰・班斯比經驗豐富，另外四個船員也都是機智勇敢的小夥子。看來，這艘船應該能夠完成這趟任務。

下午三點十分，唐卡德爾號拉起了帆。隨著號角聲響起，船出航了。福克先生和艾娥達夫人朝碼頭望了最後一眼，路路通還是沒有出現。福克先生第一次和他的僕人分開了。

一艘二十噸重的小船在海上航行八百海里，簡直就像是一次冒險的遠征。中國沿海一帶，經常會碰上惡劣的天氣，尤其是在春分和秋分時節，更容易遇到劇烈的海風。但船主約翰．班斯比對自己的唐卡德爾號很有信心，而這艘船在海上的表現也沒有辜負他的信任。

唐卡德爾號的航行情況非常令人滿意。它揚起全部的船帆，充分利用從船身後方吹來的東南風，順風飛馳，平均時速高達八海里至九海里。到第二天日出時，這艘小船已經走了一百海里。如果風向一直不變，唐卡德爾號就能按時到達上海。船主班斯比覺得成功在望，他對福克先生說了好幾次，保證他們一定會按時到達上海，福克都只簡單地答道：「但願如此。」

唐卡德爾號表現如此優異，也要歸功於所有船員非常積極的工作，因為福克先生許下的重賞讓這些能幹的水手們受到了非常大的鼓舞。船上所有的帆索都綳得緊緊的，所有的篷帆也都被吹得鼓鼓的，航行路線也沒有一絲一毫的偏差。

第三天太陽升起的時候，海上颳起了強風，大海上空聚集了許多烏雲，遠處東南方的海面上也已經捲起滔天巨浪。這一切跡象都表明：暴風雨即將來襲！

暴風雨當前，福克先生卻絲毫沒有讓船慢下來的意思，他言簡意賅地指示船長：「暴風雨是從南方來的，將有助於我們的船走得更快。」

將近八點鐘，暴風雨開始向小船襲來。唐卡德爾號在暴風雨的狂嘯中繼續飛馳，它前進的速度比開足馬力的火車還要快上幾倍。排山倒海的巨浪無數次地從後方打上小船的甲板，翻滾的浪花像傾盆大雨一樣，把船上的旅客粗暴地沖洗了一番。旅客們彷彿秋風中的落葉，只能默默忍受暴風雨的肆虐。

在這種情況下，費克斯不出所料地在一旁怨天尤人。福克先生則猶如一尊雕像端坐在甲板上，臉上的表情始終平靜如水，就像這場暴風雨早在他的意料之中。而艾娥達夫人只是目不轉睛地注視著她的旅伴，她完全被福克那種處之泰然的態度吸引，對他的感情也在不知不覺中加深。為了能和他匹配，因此她也坦然地面對風雨的折磨。

暴風雨隨著黑夜的降臨變得更加猖狂。此刻，一向有自信的船主班斯比也沉不住氣了，他在考慮是否應該找個港口暫留一會兒。他和福克先生商量：「先生，我想我們最好還是在沿岸找個港口停留一段時間。」

「我也這麼想。」斐利亞．福克回答。

「好，」船主說，「可是，要在哪個港口停呢？」

「我只知道一個港口，」福克先生平靜地說，「上海。」

對於這個回答，船主一開始有點不明所以，等想通之後，他不禁被福克先生的堅定意志給激勵了。於是，他說：「先生，您說的對。讓我們前進上海吧！」唐卡德爾號堅定不移地向北航行。

天空晦暗得令人害怕！這艘小船有兩次差點要被風浪捲走，甲板上的船具要不是有繩子綁牢，全都早已滾入大海。艾娥達夫人雖疲勞不堪，但是她毫無怨言。因為福克先生不只一次擋在她身前，讓她免受海浪的衝擊，並且不斷地安慰她，給她有力的心理支持。

天亮了。這時的暴風雨更像一匹脫韁的野馬，肆無忌憚到無以復加的地步。海面上完全看不到其他船隻的影子，只有唐卡德爾號獨自傲然地乘風破浪。如果不是它夠堅固，在這場波濤相互撞擊的混戰中早就被擊碎了。

這場暴風雨直到中午才慢慢減弱，到了傍晚時分，海面終於恢復平靜。船主指揮船員們重新升起大帆，唐卡德爾號又重新展現其傲人的前進速度。到了隔日，也就是十一月十一日，當太陽冉冉升起的時候，小船離上海已經不到一百海里了。

雖然距離不遠，但迫於時間緊迫，所以唐卡德爾號必須在今天一口氣趕完這一百海里！因為福克先生若想趕上開往橫濱的遊輪，今天晚上就必須抵達上海。無奈，這場暴風雨耽擱了很多時間，否則現在他們離上海港口頂多不超過三十海里了。

不幸的是風勢已開始大幅減弱，推動唐卡德爾號前進的海浪，也隨著海風的消散而變得軟弱無力。即使小船上的布帆、頂帆、附加帆和外前帆都全部升起來了，海風卻越來越小，最後變成了一股若有似無的微風。

失去海風的助力，唐卡德爾號的航行速度漸漸慢下來，最後只能在海水的推送，緩緩前進。到了晚上七點鐘，唐卡德爾號距離上海還有三海里。船主氣憤地跺著腳，因為兩百英鎊的獎金就這樣泡湯了！費克斯的嘴角露出一絲不易察覺的笑容。艾娥達夫人擔憂地望著她的旅伴，但福克先生仍舊是面無表情，即使他的命運就繫在這千鈞一髮的時刻。

就在這時，只見一個又長又黑的煙囪，冒著滾滾的濃煙，出現在浪花翻騰的海面上，竟是那艘準時從上海啟航前往美國的遊輪。

「該死！」船主絕望地把舵盤一推，心有不甘地叫道。

「發信號！」福克簡單地提醒道：「下半旗！」

一架裝滿火藥的小銅炮被拉到船頭上，這座銅炮本來是在大霧裡迷失方向時發信號用的；船旗下降到旗杆的中段，也代表著一種求救信號。他們希望能被遊輪的船員看到，從而改變航線，駛向唐卡德爾號而來。

「開炮！」福克一聲令下，船主班斯比點燃了導火線，小銅炮「轟」的一聲，響徹整個天空。

這次，命運的天秤似乎又再一次地倒向福克先生這邊。這艘從上海往橫濱的遊輪發現了唐卡德爾號，把福克先生、艾娥達夫人和費克斯先生一起接上了船。在臨走之前，福克先生將承諾的船費交付給班斯比船長，誠懇地向他表示感謝，然後從容地踏上航向橫濱的旅程。

第七章　重聚！

十一月十四日早晨，遊輪準時抵達橫濱。福克先生訂好當天晚上前往舊金山的船票後，就帶著艾娥達夫人去打聽卡爾納蒂克號的消息。從香港到上海、上海到橫濱的這一路上，福克先生一直惦記著路路通，從來沒有放棄找回他的念頭。

令福克先生欣慰的是，據卡爾納蒂克號的旅客記錄上記載，路路通已經順利抵達橫濱，剩下的問題就是如何找到他。福克先生首先去英國和法國領事館打聽，但一點消息也沒有。他跑遍了橫濱的英國人和法國人的聚居地，還是一無所獲。就在他幾乎放棄的時候，命運之神讓他們重逢了。

以下便是他們相遇的經過：

福克先生和艾娥達夫人找了一天，累得筋疲力盡。下午三點鐘，他們來到一座寬敞的馬戲棚旁邊。一陣震天價響的鑼鼓聲引起艾娥達夫人的興趣，原來是有一場日本雜技團的表演馬上就要開演了。福克先生主動提議要陪她觀賞這場雜技表演，讓她欣賞一下神祕的東方藝術。

演出的節目和一般雜技團大致相同：一名演員手裡拿著一把扇子和一些碎紙片，演出美妙動人的「群蝶花間舞」；另一名演員用他從煙斗裡噴出來的青煙，在空中迅速地寫出單字，串成一句向觀眾祝福的話；一名演員把手中幾支點燃的蠟燭輪流拋起，蠟燭經過嘴巴前就把它吹熄，然後回到手中又重新把它點燃，動作流暢；還有一名演員把陀螺操縱得如同一個個有生命的小動物，可以在煙桿上、軍刀上或鋼絲上轉個不停，甚至還能繞著大水晶瓶口打轉。這些演出贏得觀眾們如雷的掌聲，艾娥達也看得如癡如醉。

壓軸的演出是「疊羅漢」。這項演出由五十多個演員組成羅漢塔，一層疊一層，像是一座聳立的高塔一樣。最底層的演員像高山一樣巍峨不動，上層的演員則像舞動的蝴蝶般，表演蹦跳、飛躍以及各種令人難以置信的絕技。

正當演出進行到最精彩的時刻，「羅漢塔」突然搖晃了一下。原來是一名墊底的演員突然離開了自己的崗位，「人塔」立即失去了平衡，只聽「撲通、撲通」一陣響聲，「羅漢塔」就像一座紙做的古堡一樣倒了下來。

觀眾席上頓時噓聲四起。更讓人感到奇怪的是，這個演員抬腿越過了舞臺前的低柵欄，爬上了舞臺右方的觀眾席，最後跑到福克先生的面前，大聲地嚷著：

「啊！我的主人，我終於找到您了！」

「路路通？」福克先生又驚又喜，「太好了！快和我們一起上船吧！」

路路通跟著福克先生和艾娥達夫人迅速地跑出了馬戲棚，中途被怒不可遏的雜技團老闆攔住，要求他們賠償「羅漢塔」倒塌的損失。福克先生立即付給老闆一疊鈔票，平息了他的怒火。

晚上六點半，福克先生和艾娥達夫人登上了開往美國的遊輪，後面跟著路路通。一直到船要啟航的時候，他都還穿著日本雜技團那套滑稽的服裝。

一切安置妥當後，福克先生才聽路路通敘述了和他們分散期間的遭遇。原來路路通被費克斯用烈酒和鴉片弄暈之後，在酒館裡昏睡了三、四個小時。醒來之後，他憑著本能，跌跌撞撞地趕到碼頭，就在卡爾納蒂克號解開纜繩的那一剎那，奮力跳上甲板，然後一頭栽進船艙裡，一路睡到隔天中午。

完全清醒後，他才想起開船時間提早，而自己並沒有盡到提醒主人的責任。現在，由於自己的疏忽，福克先生和艾娥達夫人都沒能及時上船！路路通恨得直扯自己的頭髮，他一面怪自己貪杯，一面痛罵費克斯。路路通發誓，要是有一天再遇上他，非得好好教訓他一頓不可！

路路通的煩惱遠不止如此。他口袋裡空空如也，一毛錢都沒有。雖然他在船上的用餐費和船費已經預先支付了，但是身無分文的他下船之後該怎麼辦，將來又怎麼回英國呢？這些煩惱都讓他傷透腦筋。

十一月十三日，卡爾納蒂克號抵達橫濱港口。下船後的路路通在橫濱的大街小巷蹓躂，一心想著該如何盡快離開日本前往美國。正當他絞盡腦汁思考的時候，他的視線忽然落在一張巨大的海報上，那是日本雜技團招募人員去美國演出的廣告。路路通毫不遲疑地前去報名。由於他以前在法國馬戲團裡做過小丑，也算是有工作經驗，竟然就當場被錄用了。讓人意想不到的是，他居然會在首場演出就碰見福克先生，真是太巧了！

接著，路路通也從艾娥達夫人口中得知她與福克先生過去幾天所發生的事：他們如何從香港到橫濱，如何與一位名叫費克斯的先生一起搭乘唐卡德爾號等等。聽到費克斯這個名字，路路通默不作聲，他暫時不想告訴福克先生關於費克斯的事情，因為他覺得現在還不是適當的時機。

這艘由橫濱航向舊金山的遊輪叫「格蘭特將軍號」，是一艘兩千五百噸重的大輪船，設備良好，航速飛快。按這樣每小時十二海里的速度計算，這艘遊輪用不了二十一天就能橫渡太平洋。這一次，旅途中沒有發生任何航海事故，因為太平洋是名副其實的「太平」。格蘭特將軍號依靠巨大的輪機，借助全面展開的大帆，四平八穩地順利前進著。

因此，福克先生相信十二月二日他們將會抵達舊金山，十一日到紐約，二十日就可以回到倫敦。這樣，他還能在原定時間——十二月二十一日——前幾小時完成這次旅行的任務。

福克先生依然沉默寡言，他將艾娥達夫人照顧得無微不至，不過仍保持一定的距離。相反地，艾娥達夫人對他已經不止於感激之情，他那樣和藹可親又沉靜的性格，讓艾娥達夫人對他的感情與日俱增，已經到了愛慕的程度。只是，這位令人難以捉摸的福克先生，對於艾娥達夫人的這種心情，彷彿一無所知。

十一月二十三日，格蘭特將軍號越過一百八十度子午線，也代表著斐利亞·福克先生正好繞了半個地球。雖然，按照地球經度子午線，這位紳士才走完了一半旅程，但事實上，他的旅行計畫已經完成了三分之二。因為，前半段的行程必須繞一大圈才能抵達橫濱，而今後，前往倫敦的路線就都是直線了。

就在同一天，路路通也發現了一件讓他高興的事情。他發現自己的大銀錶和船上的大鐘走得一模一樣了。「我就知道，總有一天，太陽會照著我的錶走的！那個費克斯，跟我囉嗦了一大堆什麼子午線，什麼太陽的，還說要按照當地的時間把錶調過來。哼，全都是廢話！」

但是路路通不知道，如果他的手錶是按二十四小時制的模式顯示，他就會發現問題了。這意味著，當船上的大鐘指著早上九點的時候，路路通錶上的時針就會指著晚上九點，也就是二十四小時制的第二十一點。換句話說，他的錶和船上的大鐘相差的時數，正好等於子午線一百八十度地區的時間和倫敦時間相差的時數，也就是十二小時。

不過這個道理，路路通是完全不能理解的。他還在為自己沒有聽信費克斯關於時差的理論而洋洋得意，另一方面，也對始終沒有見到費克斯感到十分納悶。

實際上，費克斯此刻不在別處，就是在格蘭特將軍號上。這位警探一到橫濱便去了英國領事館，然後在那裡拿到了那張從孟買開始，輾轉寄了四十天的拘票。因為當局認為費克斯一定會搭乘卡爾納蒂克號，所以就把這張拘票轉寄到了橫濱。

費克斯懊惱不已，因為拘票如今毫無用武之地，等同於一張廢紙。福克先生已經離開英國的屬地，現在想要逮捕他，就必須向當地政府申請引渡手續。

「算了！」費克斯在怒氣平息後對自己說：「我的拘票在這裡是毫無用處了。不過，一旦到了英國本土，它還是能派上用場。福克這流氓，看樣子還真的打算回到英國去，他以為倫敦警察廳已經被他蒙混過關了。好吧！我會一直盯著他的。至於贓款，天知道還能剩下多少！旅費、獎金、訴訟費、保證金、買大象以及其他一路上的種種支出，他已經揮霍至少五千多英鎊了。但是，算了，反正不管怎樣，銀行的錢還多著呢！」

下定決心後，他立即登上了格蘭特將軍號。當福克先生和艾娥達夫人登船時，費克斯就已經在船上了。尤其當他看見一身日本服裝的路路通時，便立刻躲進自己的艙房，以免和他發生衝突。一路上，他千方百計地躲著路路通，但冤家路窄，某天，他還是在前甲板上和路路通碰面了。

這個法國小夥子二話不說，馬上衝上前抓住費克斯，一拳又一拳地把這個倒楣的警探揍了一頓。路路通把費克斯揍了一頓之後，看著臉上青一塊、紫一塊的費克斯，心中的火氣頓時消弭許多。

「你揍了我一頓，我們就算扯平了！」費克斯從地上爬起來，「那現在我們來好好談談吧！」

「我和你沒什麼好談的！」

「我過去一直和福克先生作對，但是從今以後，我要幫助他了。」

「啊？」路路通懷疑地問他：「你現在也相信他是正人君子了？」

「不相信，」費克斯回答說：「我仍然認為他是個流氓。嘿！你別動手，聽我說完行不行！當福克先生在英國屬地的時候，拖住他，對我有好處，因為我要等從倫敦寄給我的拘票。」

「可是現在，我已經不能拘捕他了，」費克斯接著說：「但福克先生像是要回英國去了，這對我的工作很有利。從現在起，我要幫助他掃除旅途上的一切阻礙，讓他早日回到英國，這樣我才能逮捕他。而且只有到了英國，你才會明白你到底是替一個好人做事，還是在當一個罪犯的同夥。」

路路通非常仔細地聽完費克斯這番話，覺得頗有道理，便接受了他的提議。

「我們可以說是朋友了吧？」費克斯問。

「朋友？才不是，」路路通回答，「我們只能算是同盟！」

「我同意。」費克斯不動聲色地說。

過了十一天之後，也就是十二月三日時，格蘭特將軍號開進金門海峽，抵達舊金山。到現在為止，福克先生只是如期到達了舊金山，沒有延遲一天，但也沒有提前。

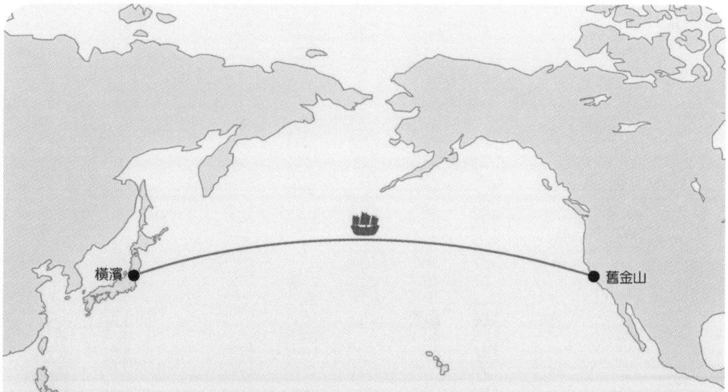

第八章　聯合鐵路事故多

十二月三日下午，福克先生一行人登上開往紐約的火車。從舊金山到紐約，有一條六千零五十八公里長的橫貫鐵路連接，途中會經過一片印第安人和野獸出沒的地區。晚上六點鐘，火車準時出發了。

福克先生、艾娥達夫人、路路通和費克斯先生舒舒服服地分坐在兩排的雙人椅上，欣賞著眼前掠過的景色：廣闊無邊的草原、浮在天際的群山、潺潺流淌的小河，還有成千上萬的野牛。這些野牛的腿和尾巴都很短，前肩高聳形成一個肉峰，兩角分開向下彎曲，頭頸及雙肩都長滿了長鬃毛。這一支大軍，簡直像是一座行走的堤防，經常在鐵路上造成來往火車無法克服的障礙。今天正好就遇上這種事：只見野牛群不慌不忙地穿越鐵路，一邊走，一邊發出驚人的吼叫聲，而火車則因為野牛群占據了鐵軌，只好被迫停下來。

看到這一大群野獸攔住火車，害時間白白流逝，路路通感到憤怒不已，他簡直想朝牠們狠狠地開幾槍，以解心頭之恨。但福克先生，這個本應該最著急的紳士卻

不動如山，用哲學家那種「以不變應萬變」的精神等待野牛過去。

野牛大軍整整花了三小時才穿越鐵軌，在最後一批牛群跨過鐵路的時候，牠們的前鋒部隊早已消失在南方地平線上。

如果這次事故考驗的是耐心，那接下來的事故考驗的就是運氣和勇氣。

十二月七日中午，就在福克先生和他的同伴們吃完午餐，正沉溺於「惠斯脫」牌局時，突然響起了一陣哨聲。火車停下來了。

路路通連忙跑出車廂，前去打聽發生什麼事。只聽見一名守路員大聲叫道：「不行，沒辦法通過！梅迪西灣的大橋已經在搖晃，承受不住火車的重量。」

梅迪西灣大橋是一座懸空在激流上的吊橋，也是火車前行的必經之路。由於年久失修，橋上很多鐵索都斷了，火車如要強行通過，風險很大；但是如果放棄通過，乘客們就得在冰天雪地裡步行二十四、五公里，才能到達下一個車站。

旅客們怨聲載道，一會兒咒罵惡劣的美國鐵路，一會兒責備駕駛員的技術水準太差，其中怒氣沖沖的路路通嗓門最大。

「也許……我們可以試著從橋上開過去。」駕駛員承受不住壓力，小聲地提出建議。

「不行，這座橋就要塌了！」守路員堅持不讓步。

「我們可以嘗試用最高速行駛，運氣好的話也許能順利通過。」

對於駕駛員這個大膽的提議，旅客們分成了兩派。一些勇敢的旅客同意大膽一試，他們認為有百分之八十的機會能夠成功；另一些旅客則認為應該謹慎一些，不該拿自己的生命開玩笑。但很快想要勇敢嘗試的旅客就占了上風，於是大家都返回車廂，準備冒險一搏。

駕駛員把火車向後倒開了差不多兩公里，如同一位跳遠健將般，向後退幾步準備往前衝刺。緊接著火車開始起步前進，不斷加快速度，不到一會兒工夫，就飆到了令人恐懼的速度，只聽見一陣隆隆聲，列車像閃電一樣，從大橋上風馳而過，轉眼間已經到達對岸。但火車仍一直向前衝了八公里後，駕駛員才勉強把它煞住。而那座搖搖欲墜的大橋，承受不了列車的高速行駛，轟隆一聲坍落在梅迪西灣的激流裡了。

在整個過程中，路路通被嚇得目瞪口呆，他覺得自己的心臟都要跳出來了。但是福克先生依舊沉浸在牌局中，沒特別留意這一段驚險的插曲。

接下來，火車行駛得非常順利。但十二月八日這一天，發生了更加驚心動魄的事情，導致路路通的性命幾乎不保，而福克先生的賭約也險些功虧一簣。

那天，正當旅客們在午睡時，突然聽見「砰！砰！」震耳欲隆的槍聲，還夾雜著兇猛的吶喊聲和人們的驚呼聲。車窗外有上百個印第安人騎馬隨車奔馳，抓住機會就縱身跳上車廂門口的踏板，然後飛速地爬進車廂。聰明的旅客們立刻就明白：這是一幫印第安人在襲擊火車。

這些印第安人一上車就往火車頭奔去，用大頭棒將駕駛員和司爐工打昏。一名印第安首領有意把火車停下，但因為操作錯誤，反而使火車以更快的速度向前飛馳。而其他的印第安人則攻進車廂，搶了很多行李和首飾，從車窗扔出去。幸好許多旅客都有佩戴武器，他們隨即和突襲的歹徒們展開戰鬥。被圍攻的車廂轉眼變成了雙方激烈交火的戰場，有二十多個印第安人被打得半死，從車上滾下去掉到鐵軌上，像蟲子一樣被火車碾碎；也有很多旅客中槍或者挨了一記大頭棒，無力地癱倒在座椅上。

福克先生和艾娥達夫人也在英勇作戰。艾娥達夫人雖然是名女性，但表現得非常勇敢，當印第安人向她衝過來時，她毫不畏懼地拿起手槍朝敵人射擊正在和福克並肩作戰的列車員，突然就被飛過來的一顆子彈擊中，他在倒下去的時候叫喊著：

「五分鐘之內火車要是不停下來，我們就全部完蛋了！」原來離此地三公里的克爾尼堡有座美國軍營，如果列車能在那裡停下來，就能得到士兵們的支援；如果火車開過此站，沒有得到後援，只能任由印第安人宰割了。

「火車一定會停下來的！」斐利亞．福克說著就準備衝出車廂。

「您留在這裡，先生。」路路通大喊：「這件事交給我吧！」

福克先生還沒來得及阻止，路路通已經打開一個車窗，並溜到車廂下面了。這時，戰鬥還在激烈地進行，子彈從他頭上颼颼地飛掠而過。他運用自己馬戲團演員那一套輕巧靈活的身手，從車廂下面隱蔽前進。他攀著聯結列車的鐵鍊，踩著煞車舵盤，沿著外面車架的邊緣，巧妙地從一節車廂爬到另一節，一直爬到最前面的車廂上。過程中，他竟然完全沒有被人發覺，簡直不可思議。最後他一隻手攀著車，整個身體懸空在行李車和煤車之間，另外一隻手試圖去鬆開掛鉤上的鏈條，但由於火車的牽引力很大，單憑他的力量，恐怕一輩子也拔不開掛鉤中間的鐵栓。就在這時候，只見火車一陣搖晃，鐵栓被震出來了！列車脫離了車頭，慢慢地落後，終於在距離兵營不到一百步遠的地方停了下來。

兵營裡的士兵聽到槍聲，立即趕了過來，而印第安人早就趁著列車還沒有完全停下之前四處逃竄了。白雪皚皚的平原上，鮮紅的血印一直伸延到看不見的遠方。

戰鬥終於結束了！但是，當旅客們在月臺上清點人數時，發現少了三個人，其中包括那個英勇行動拯救所有旅客的法國人。他們究竟是在戰鬥中被打死了，還是被印第安人抓走了呢？現在，無人知曉。

受傷的旅客相當多，不過據瞭解，還沒有人有生命危險。艾娥達夫人平安無事，斐利亞．福克雖然全力作戰，但也毫髮無傷，而費克斯的臂膀則受了一點輕傷。此時，福克先生雙手交叉著站在雪地上，他正在考慮一件非常重要的事，艾娥達夫人在他身邊默默地為路路通流淚。

「不管他是死是活，我都要把他找回來。」他簡單扼要地對艾娥達夫人說。

「哦，先生！福克先生！」年輕的夫人說道，她臉上的淚水不停地滴落在被她緊抓著的福克先生的雙手上。

「他不會死！」福克先生說：「只要我們一分鐘也不耽擱地展開救援行動！」

福克先生做了平生最艱難的抉擇：一方面，從印第安人手中救人，等於是虎口奪食，很可能是有去無回；另一方面，就算路路通成功歸來，救人的過程也必定會耽誤不少時間，他便會輸掉自己的賭約。雖然代價很大，但重情重義的福克先生還是選擇了救人。

兵營裡的士兵們也為福克先生的義氣所感動，紛紛自告奮勇要求和他一起去救人。兵營連長讓福克先生挑選出三十名士兵，組成一支突擊隊，準備沿著雪地上的足印追擊敵人。

「費克斯先生，」斐利亞．福克離開時說：「請您幫我一個忙，在這裡陪著艾娥達夫人，如果我遭遇不幸，請把她安全送回英國。」

警探的臉色刷地一下變白。雖然他對福克先生存有偏見，但此刻也對他的英勇行徑充滿敬意。他鄭重地點點頭，表示一定會不負所托。艾娥達夫人則一言不發地為她心目中的英雄送行。她堅信，像福克先生這樣沉著勇敢的紳士，一定能夠凱旋歸來。

「出發了，朋友們！如果能把人救回來，就給各位勇士一千英鎊的賞金。」臨行之前，福克先生對士兵們高喊了這麼一句振奮人心的話，就帶著突擊隊出發了。

等待的時間過得又長又慢，天色逐漸暗了下來。這時，萬籟俱寂，既無飛鳥飛越，也沒有野獸出沒，整片大地一片死寂。

在著急等待的期間，發生了一小段插曲：在下午快兩點的時候，旅客們忽然看見一個黑呼呼的龐然大物，從東方緩緩地朝這裡駛來，所有人都感到非常驚訝，因為透過電報要求增派的火車，按理說不可能那麼快抵達！但旅客們很快明白，原來是火車頭上的駕駛員和司爐工清醒過來，接獲電報後，把列車倒開回來了。

很快，旅客們都上車了。艾娥達夫人企圖與列車員溝通，讓火車等待福克先生歸來再啟程，但因火車已經延誤三個小時，所以列車員拒絕了她的請求。

幾個小時過去了。費克斯靜靜坐在車站裡的一張靠椅上，艾娥達夫人則不顧風雪交加，不時走出溫暖的候車室，到月臺上張望，但福克先生一行人依然不見蹤影。「他們到哪裡了？能找到印第安人嗎？難道是在作戰嗎？他們會不會在濃霧裡迷失了方向？」這幾個問題不停地在艾娥達夫人心裡盤旋。

這一夜就在焦急等待中過去了。清晨的太陽，從濃霧彌漫的天際冉冉升起，時鐘指向早上七點。在濃霧的掩映下，遠處出現一小支步伐整齊的隊伍走了過來。仔細一看，走在最前面的正是福克先生，他身旁則是從印第安人手裡救出來的路路通和另外兩名旅客。

昨天，福克他們在克爾尼堡往南十六公里的地方打了一場勝仗，但在隊伍趕到以前，路路通和另外兩名旅客已經和劫持他們的印第安人打起來了。當福克先生和士兵們趕去援救時，這個勇猛的法國人已經用拳頭揍翻了三個印第安人。

駐守的士兵們用歡呼聲來迎接這些凱旋的勇士們。斐利亞．福克把事前許諾的賞金發給士兵，路路通見狀有感而發地說：「說實在的，我家主人在我身上花的錢可真不少！」

費克斯一言不發，只是看著福克先生，旁人很難看出此時他心中的想法。至於艾娥達夫人，她雙手緊握著福克先生的右手，激動得說不出話來。

由於這場事故，讓斐利亞．福克耽誤了二十個小時。而且火車已經開走了，接下來的交通成了很大問題。路路通認為這都是自己無意中造成的，因此感到非常自責，他這次真的把自己的主人害慘了。

這時，警探費克斯走近福克先生，問道：

「先生，您急著要走嗎？」

「沒錯，確實很急。」福克先生回答說。

「我需要確認一下，」費克斯說，「您是不是一定要在十一日晚上九點之前，也就是在開往利物浦的遊輪啟航之前抵達紐約？」

「是的。」

「假如沒有這次印第安人襲擊火車的事件，您十一日早上就可以抵達紐約了，是嗎？」

「是啊，那樣在遊輪啟航前十二小時，我們就已經上船了。」

「好吧！現在您被耽誤了二十小時，二十減十二等於八。您是否打算把這八小時補回來呢？」

「步行嗎？」福克先生問。

「不用步行，我們可以乘坐帶帆的雪橇，」費克斯回答說：「昨天夜裡有一個人問我要不要租他的雪橇。」

費克斯指給他看那個駕雪橇的美國人，他正在車站前面徘徊，福克先生朝那個人走過去。過了一會兒，斐利亞．福克跟那位美國人一起走進不遠處的一間小茅屋。福克先生看見屋裡有一輛相當奇怪的「車子」。它是一輛由兩根長木頭上釘著一個木舟所做成的雪橇，前頭微向上翹，上面可以坐五、六個人；雪橇靠後面的三分之一處豎著一根很高的桅杆，上面掛著一張很大的帆，這根桅杆下面由幾條鐵索結實地綁著，上面還有條鐵支柱，用來支撐巨大的帆布；雪橇後面裝著一個單櫓作為尾舵，用來掌控方向。

原來福克先生看見的是一架單桅船式雪橇。在冬季冰雪覆蓋的平原上，當火車被大雪阻礙不能前進的時候，就可以用雪橇，從這一站很快地滑行到另一站。這種雪橇可以掛上很大的帆，借助後面吹來的風推動雪橇在雪地上疾馳，它的速度即便比不上特快車，至少也和普通快車差不多。

過了一會兒，福克先生就和那名雪橇商人談妥了價錢。現在正刮著西風，所以只需要幾個鐘頭，就能把福克先生等人送到最近的奧馬哈車站。那裡的火車路線很多，四通八達，往來頻繁，若搭上直達芝加哥和紐約的列車，就可以彌補之前耽誤的時間。

福克先生不願讓艾娥達夫人在冰天雪地裡艱苦的旅行。天寒地凍再加上雪橇的飛快奔馳，她怎麼受得了。因此，他向艾娥達夫人建議，由路路通陪著她在此地等下班火車，然後再一路把她平安地護送到歐洲。但艾娥達夫人不願和福克先生分開，所以拒絕了這個提議。而她的決定讓路路通很高興。實際上，路路通無論如何也不願離開自己的主人。費克斯還跟著福克先生呢！

至於那位倫敦探的想法，可說是一言難盡。斐利亞．福克的歸來是否使他的信心動搖了呢？還是仍然肯定福克是一個極端狡猾的流氓，企圖環遊世界一周之後，回到英國就可以逍遙法外了呢？也許費克斯現在對斐利亞．福克的看法已經有些轉變，但是，他絕不會忘記自己的職責，所以他比任何人都更急著想儘早回到英國。

早上八點，雪橇已準備就緒，福克一行人坐了上去。兩張大帆都鼓脹起來了，借著風力使雪橇以每小時六十四公里的速度在冰天雪地上飛馳。乘客們都凍得全身直打哆嗦。

從克爾尼堡到奧馬哈的直線距離——美國人稱之為「蜂飛」距離——至多也不過兩百英哩。如果風向不變，五個小時就可以跑完這段路程。倘若途中不發生任何意外，下午一點鐘就能到達奧馬哈。

雪橇輕盈地在雪地上滑行，像一艘滑行在

水面上的小船。當寒風吹過大地時，雪橇被那兩張像巨翼一樣的白帆載著，就像是離開了地面騰空飛行，所以必須緊握著舵把，才能保持直線前進。雪橇有時會向一邊傾斜，只要轉動一下尾舵，它就會馬上恢復直線行走。

雪橇徑直地穿過這一片猶如平靜大海的平原，一路盡是平坦的雪地，可以暢行無阻。斐利亞．福克目前擔心的只有兩件事：一是怕雪橇出狀況；二是怕風向突然改變或是風力驟減。

但是，風力一點也沒有減弱，相反地，那條被鋼索結實綁著的桅杆都被勁風吹彎了。這些鋼索彷彿是樂器上的弦，被一張無形的弓拉著，發出簌簌的響聲。在這種和諧的樂聲中，雪橇正瘋狂奔馳。

「這些鋼索所發出的音，差不多是五度音程和八度音程。」這是福克先生在這一段旅途中，唯一說過的一句話。

還不到下午一點鐘，雪橇已經載著他們抵達奧馬哈車站。在那裡，他們及時登上了開往紐約的列車。

火車以極快的速度奔馳，並在十二月十一日晚上十一點十五分，順利抵達紐約港。但是，開往利物浦的中國號遊輪在四十五分鐘前已經啟航了！

中國號遊輪開走了，似乎也把斐利亞．福克最後的一線希望給帶走了。路路通心急如焚，他埋怨自己連累了福克先生。但福克先生一點也沒有責備他，在離開碼頭的時候，他只說了一句話：「走，明天再做打算吧。」

第二天，福克先生一大早就來到紐約港。他在那些停靠在碼頭旁的船中，仔細地尋找即將離港的輪船。皇天不負苦心人，福克先生總算發現距離海岸約兩公里的地方，有一艘帶有機輪裝備的商船「亨利埃塔號」。那艘船的樣式很簡約，煙囪裡正冒著大團的黑煙，說明它準備要拔錨啟航了。

斐利亞．福克趕緊叫人把亨利埃塔號的船長斯皮蒂找來，向他提出要搭乘他的船去利物浦的請求。斯皮蒂先生年約五十歲，面容生硬，不苟言笑，頭髮棕紅，身材魁梧，看上去是個不太好相處的人。

「對不起，先生！」他一口回絕了福克先生的請求，「這是一艘貨船，從來不載運旅客。而且我也不去利物浦，我要開往波爾多。」

「那就請您帶我們去波爾多吧。」福克先生正盡力說服他。

「不行，旅客太煩人了，你就算給我兩百美元我也不載！」

「我付您每人兩千美元，把我們四個人都帶上吧！」

「每人兩千！」船長斯皮蒂開始動搖了，「順路載客就淨賺八千美元。那他們已經不能算是旅客，而是一種很貴重的貨物了。」

「我九點鐘開船，」斯皮蒂簡單地說：「您和您的旅伴來得及嗎？」

「九點鐘我們一定準時到！」福克先生回答說。

當亨利埃塔號一切就緒，準備啟航時，四位旅客都已登船。一小時之後，亨利埃塔號離開了美國，航向大海而去。

斯皮蒂一開始還為能夠賺到一筆巨額外快而感到沾沾自喜，但很快他就明白了一個道理：天下沒有白吃的午餐。因為第二天，他的指揮權就被福克先生奪走了。

事情的經過很簡單：斐利亞．福克的目的地是利物浦，但船長堅持不肯去，斐利亞．福克只能先答應去波爾多。但是上船之後，福克便發動了他的金錢攻勢。船上的船員——從水手到司爐工——都被金錢打動，加上他們本來就與船長有些衝突，因此，大家都很自然地都和福克站在同一陣線上了。

到了第二天中午，福克先生完全取代了斯皮蒂，站在船長的位子上發號施令，亨利埃塔號於是直接航向利物浦了。而斯皮蒂則被關在船長室裡，在裡面大喊大叫，幾乎氣得快發瘋了。

最初幾天，亨利埃塔號航行得非常順利。海上風浪不大，一直吹著西南風，亨利埃塔號揚起群帆，有了前後檣兩張大帆的推動，使它航行起來簡直跟一艘橫渡大西洋的遊輪一樣快。

但很快的，新的難題又出現了。十二月十六日，這是福克先生離開倫敦的第七十五天，船上的機務員到甲板上來找福克先生，說：「我們從開船到現在，所有的鍋爐都是燒滿炭火的狀態。我們或許有足夠的煤，能夠燒小火，從紐約開到波爾多，但我們絕對沒有足夠的煤可以燒大火，從紐約開到利物浦！」

「好吧，我考慮一下。」福克先生說，「在我未做決定之前，你繼續燒大火，全速前進，等煤燒完了再說。」

機務員點點頭，他對這位紳士的決定感到很困惑，因為這樣只會加劇問題的嚴重性。

正如機務員所說的那樣，兩天之後，即十二月十八日，他通知福克先生，今天的煤已經不夠燒了。

「別壓小爐火，」福克先生回答：「相反地，繼續燒大火，在煤燒光以前不能讓機器停下來。」機務員接受了命令，但是心裡卻對福克先生的領導能力產生了極大的質疑。

福克仍如平常一樣鎮定。中午時分，斐利亞．福克吩咐路路通去把船長斯皮蒂請來。這個小夥子百般不情願，彷彿是奉命去打開一個老虎的籠子似的。

「不用說，這傢伙一定會大發雷霆，說不定還會打人呢！」

果不其然，過了幾分鐘，斯皮蒂就連叫帶罵，活像一顆即將引爆的炸彈似的來到後艙甲板上。

「我們到哪裡了？」他氣急敗壞地嚷道。

「距離利物浦七百七十海里。」福克先生非常沉著地回答。

「強盜！」斯皮蒂怒罵著，臉都氣到發紫了。。

「先生，我把您請來，」斐利亞．福克說：「是想要請您答應把船賣給我。」

「不賣，我絕對不賣！」

「可是我要燒掉它。」

「什麼？你要燒我的船？」

「是的，至少要把船面上的裝備燒掉，因為現在沒有煤了。」

「啊？燒掉我的船？」船長斯皮蒂簡直氣得說不出話，「我這艘船足足值五萬美元呢！」

「喏，這是六萬美元！」斐利亞．福克把一疊鈔票交給船長。

福克先生的金錢攻勢在斯皮蒂身上奏效了，沒有一個人看見這六萬美元還能無動於衷。轉眼間，船長已經忘記他的憤怒，忘記那好幾天的禁閉，也忘記對福克先生所有的怨憤，因為他的船已經行駛了二十年，這樣的買賣對他來說實在是太划算了！

「那您能否把鐵船殼留給我呢？」船長用非常溫和的語氣問道。

「鐵船殼和機器都留給您，先生。那我們算達成交易了？」

「是的。」斯皮蒂抓起那一疊鈔票一張張數完後，放進了口袋。

費克斯見到這個情景差點暈過去，因為福克到現在差不多已經花掉兩萬英鎊了。他真是個無賴，把偷來的錢像流水一樣的亂花！再這樣下去，他從銀行偷來的五萬五千英鎊都要被花光了！

福克先生買下船之後，立刻吩咐船員們把船艙裡所有的家具及門窗劈碎，然後拿去鍋爐裡燒。就在當天，尾樓、工作室、客艙、船員宿舍以及下甲板，全都被燒光了。第二天，又燒完了桅杆、桅架和所有備用的木料，就連帆架都被放倒了。

船員們都幹勁十足，用刀劈、用斧砍、用鋸割，把凡是木頭做的東西都拆了；第三天，舷木、檔板，以及其他在吃水部位以上的木頭裝備和一大部分甲板，都通通燒光了。亨利埃塔號現在成了一般光禿禿的鐵船。

第九章　急迫！僅差五分鐘

就在這一天，愛爾蘭海岸的燈塔已經近在咫尺了。但是一直到晚上十點，亨利埃塔號才經過皇后鎮，而現在，距離斐利亞．福克預定返抵倫敦的時間，僅剩二十四小時了！此刻正是需要亨利埃塔號以最快的速度趕到利物浦的時候，但是，鍋爐裡蒸氣不足，已無法滿足這位大膽紳士的需求。

就在船長斯皮蒂也為福克著急的時候，福克先生決定在皇后鎮的碼頭登陸。於是在凌晨一點時，亨利埃塔號順著漲潮開進了皇后鎮的港口。按照事先的約定，福克先生把光禿禿的鐵船殼留給船長，斯皮蒂高興地對福克先生道謝了好幾次，因為這艘船至少還保有三萬美元的價值。

和船長道別後，福克一行人直接搭上凌晨一點半從皇后鎮至都柏林的火車，之後又轉搭高速的渡輪汽船，輕盈平穩地橫跨愛爾蘭海峽。

十二月二十一日，十一點四十分，斐利亞．福克終於抵達利物浦的碼頭，而從利物浦到倫敦只需六個小時，現在還是中午，斐利亞．福克看起來勝券在握了！

但就在這時候，費克斯走了過來，他一手抓住福克的手臂，一手拿出了拘捕令：

「您是斐利亞．福克先生，沒錯吧？」他問道。

「是的，先生。」

「我現在以女皇政府的名義通知您：您被逮捕了！」

斐利亞．福克就這樣被費克斯押走了，關在利物浦海關大樓的一間房間裡。現在，他得在那裡過一夜，等待明天押送至倫敦。

當福克先生被捕的時候，路路通衝上前要跟警探拚命，卻被後面趕來的幾名警察給拉開了。「如果我早點把費克斯的陰謀說出來，那福克先生就不會被他拘捕，也不會……」路路通後悔莫及，但也無可奈何，只能惡狠狠地瞪著費克斯。艾娥達夫人也被這突如其來的拘押嚇傻，完全不明白到底發生了什麼事。當她瞭解事情的原委後，很為自己的救命恩人叫屈，她完全沒想到福克先生居然會被人當成竊賊。

在路路通和艾娥達夫人的注視下，費克斯抬頭挺胸地站著。他告訴自己：逮捕福克，是履行自己的職責，所以沒必要感到愧疚。

至於福克先生，他安靜地坐在海關辦事處裡，從皮夾取出旅行日記，寫下最後一行：「十二月二十一日，星期六，抵達利物浦。上午十一點四十分，第八十天。」至少從外表上看，這個意外的打擊並沒有讓他驚慌失措。難道他只能「聽天由命」了？或者他還有反敗為勝的機會？

不久，海關大樓的大鐘敲了一下。兩點了！要是他現在搭上快車，還能在晚上八點四十五分之前抵達倫敦，趕到革新俱樂部。「可是……」他輕輕地皺了皺眉頭。

時間又過去了三十三分鐘，只聽外面一陣喧嘩，接著傳來開門的聲音。斐利亞·福克看見艾娥達夫人、路路通和費克斯朝他跑了過來。

「先生，」費克斯氣喘吁吁地說，「先生……請……請您原諒……因為有個小偷太像您了……這傢伙三天前已經落網……您……您現在可以離開了！」

福克先生自由了！他走近費克斯，盯著他的臉，然後出其不意地對這個可惡的警探狠狠地揍了兩拳，這可是福克先生生平第一次打人。看來，費克斯在這關鍵時刻莫名其妙拘押他，真的把這位有涵養的紳士給惹火了！

「揍得好！」路路通為主人的行動喝彩。挨揍的費克斯一句話也沒說，因為這完全是他自作自受。

隨後，福克先生、艾娥達夫人和路路通立即離開海關大樓，跳上一輛馬車，幾分鐘之後，就到了利物浦的車站。開往倫敦的快車在三十五分鐘前就已經發車了，福克先生只好又花了一筆巨款，租用一輛專車趕往倫敦。

時間一分一秒地過去，當這位紳士抵達終點站時，倫敦市所有的大鐘都指著八點五十分。斐利亞．福克終於完成了他的環遊世界之旅，但是遲了五分鐘！

他最終還是輸了賭約。

都是那警探的錯！他在這次漫長的旅途中穩步前進，掃除了無數障礙，經歷了無數危險，路上還抽出時間做了些好事，然而，就在即將大功告成的時候，碰上了這一場突如其來的鬧劇，使他功虧一簣。

斐利亞．福克將要徹底破產了！他離開倫敦時帶的一半積蓄，如今只剩下一點點了，而剩下的全部財產就僅剩存在巴林兄弟銀行裡的兩萬英鎊，而這些錢很快也要付給革新俱樂部的會友們了。這樣的結局實在是太悲慘了！

受到這樣的打擊，一般人早就崩潰了。但福克先生仍如往常一樣不動聲色，他帶著艾娥達夫人和路路通平靜地返回家中。路路通回到自己房裡，把那個開了八十天的暖爐關上，再從信箱裡拿出一份煤氣公司的繳費通知單。

福克先生返家的第二天，也就是星期日，薩佛街的房子裡依然萬籟俱寂，彷彿裡面無人居住似的。當國會大廈鐘樓上的大鐘敲響十一點半的鐘聲時，斐利亞·福克也沒有前往革新俱樂部，這可是他住進這棟房子以來第一次沒有去。在他看來，他已經不需要再去俱樂部了。昨天晚上，他已經輸掉了所有財產，這表示今後他將告別革新俱樂部的上流生活了。

晚上七點半，福克先生請來了艾娥達夫人。他們倆面對面坐著，很長一段時間都沉默不語。最後，福克先生終於抬起頭，望著艾娥達夫人說：「夫人，您能原諒我把您帶到英國來嗎？」福克先生的語調還是十分平靜，「當我決定把您從那個對您來說是非常危險的地方救出來的時候，我還是個有錢人。當時，我打算把自己的一部分財產分給您，那麼您的生活就會很自在、很幸福。可是現在，我破產了。」

「這我知道，福克先生，」年輕的夫人說，「您把我從可怕的死亡裡救了出來，就已經是莫大的恩惠了！可是，您卻還想讓我在外國有一個安定的生活。天知道，您已經為我做得夠多了！」

「我本來可以做得更多，但事與願違。目前，我只剩下一點點財產，我請求您接受，作為您日後的生活費。」
「那您呢？福克先生，您以後該怎麼辦？」
「我無所謂。我沒有親人，也沒有朋友，孤身一人很容易生活。」
「我真替您感到難過，福克先生。因為孤獨是很痛苦的，難道您就沒有一位親人能分擔您的痛苦嗎？俗話說，分擔可以使痛苦減半。」
「的確如此，夫人。」
「福克先生，」艾娥達夫人站起來把手伸給福克先生，接著說，「您願不願意讓我和您一起分擔痛苦，成為您的朋友、親人，甚至是成為您的妻子呢？」艾娥達夫人深情款款地凝視著他，她嫵媚動人的雙眸裡流露出直率、堅定和溫柔的感情。
福克先生整顆心頓時都被這樣的目光軟化了。他激動地站起來，嘴唇顫抖，眼裡閃耀著一種非比尋常的光彩。「我愛您！」他直截了當地說，「我願在上帝的面前對您說：我愛您！」這個不善言辭、情感內斂的紳士，居然在自己心愛的女子面前第一次真情流露。
「哦！」艾娥達夫人手捂著心口，激動地說。

福克先生撥打室內電話叫來了路路通，路路通一進門看見福克先生緊握著艾娥達夫人的手，立刻心領神會。他高興得合不攏嘴，那張大臉像剛破曉的太陽一樣又紅又亮。

「現在去教堂預約神父主持婚禮，會不會太晚了？」福克先生問。

「不會，」路路通回答，「無論何時都不晚！」

「那麼，我們就定在明天結婚，好嗎？」福克先生望著艾娥達夫人說。

「就明天吧！」艾娥達夫人點頭答應。

隨後，路路通便急忙跑去教堂預約了。

有關福克先生環遊世界的敘述就此告一段落了。現在，有必要講講革新俱樂部的那五位福克先生的牌友們以及整個英國民眾的反應了。由於真正的銀行竊賊落網，籠罩在福克先生頭上的「小偷」罪名便被澈底洗清了，英國民眾對他的印象一下子又從谷底攀升至巔峰。他被肯定是一位正人君子，一名完成舉世罕見的環遊世界探險家。

大家都盼著斐利亞．福克先生能早日歸來。人們發了許多電報到美洲和亞洲，但是音訊全無。難不成他已經認輸了嗎？還是他正按著既定路線在繼續旅行呢？他會不會在十二月二十一日星期六晚上八點四十五分，準時出現在革新俱樂部的大廳門口呢？

十二月二十一日，星期六晚上，革新俱樂部門口門庭若市，大家都翹首期盼，想親眼見證福克先生勝利歸來的輝煌時刻。

這一天晚上，革新俱樂部的五位紳士很早就聚集在俱樂部大廳了。兩位銀行家約翰·蘇里萬和撒姆耳·法郎丹、工程師安得露·斯圖阿特、英國國家銀行董事高傑·拉爾夫和啤酒商多瑪斯·弗拉納崗，每個人都滿心期待地坐在椅子上等著。

當大廳裡的鐘指著八點二十五分時，斯圖阿特站了起來，說：「先生們，再過二十分鐘，福克先生和我們約定的時間就到了。」

「這個時間從利物浦開來的火車是幾點到？」弗拉納崗問。

「七點二十三分，」高傑·拉爾夫回答，「下班車要半夜十二點十分才會到。」

「如果斐利亞·福克是搭七點二十三分那班車，那他早該出現在俱樂部了。我們現在可以判定這回他是輸定了。」斯圖阿特說。

「別這麼快下定論，」法郎丹說，「要知道，我們這位會友是個極其古怪的人，說不定他會在最後一分鐘才走進大廳。」

這時，大廳裡的鐘已經指著八點四十分了，「還有五分鐘。」斯圖阿特說。這五位紳士你看我，我看你，空氣中彌漫著緊張的氣氛。雖然他們都是賭場老手，但也不禁感到有些手心發汗，心跳加速。畢竟這場比賽的賭注之大、形式之怪異，以及關注度之高，都是古今少有的！

八點四十二分，紳士們的眼睛全緊盯大鐘。時鐘不快不慢地滴答滴答響，這幾分鐘比幾小時、甚至幾天都還要漫長！

「八點四十四分了！」蘇里萬說，他的聲音裡有一種難以壓抑的激動。他和其他紳士們一起在心中開始倒計時！

第四十秒過去了，到了第五十秒鐘依然不見福克先生！就在第五十五秒鐘時，外面傳來雷鳴般的掌聲和歡呼聲。這片亂哄哄的聲音越來越大，此起彼落，連綿不斷。五位紳士立刻從椅子上起身。

第五十七秒的時候，大廳的門開了，鐘擺還沒來得及敲響第六十下，一群狂熱的民眾便簇擁著斐利亞．福克衝進大廳。斐利亞．福克用他那沉靜的聲音說道：

「先生們，我回來了。」

沒錯！正是斐利亞．福克本人！

這究竟是怎麼回事？這整件事得回溯到福克先生抵返到倫敦後的第二天，晚上八點五分的時候，路路通按照主人的吩咐，去教堂預約神父主持隔天的婚禮。他當時高興地出門，然後在三十分鐘後，也就是八點三十五分，他連滾帶爬地從神父那裡跑了出來。他的頭髮亂得像一堆稻草，帽子也不見了，只是一味地向前奔跑。路路通在人行道上風馳電掣地飛奔而過，還撞倒了路上的無數行人。

他只花了三分鐘，就回到薩佛街的住宅，然後三步併作兩步地跑到二樓，一頭栽進福克先生的房間裡。

「怎麼回事？」福克先生問。

「我的主人……」路路通上氣不接下氣地說：「婚禮……明天應該是不可能舉辦了。」

「為什麼？」

「因為明天……是星期日。」

「明天是星期一。」福克先生堅持地說。

「不對……今天……是星期六。」

「星期六？這不可能！」

「是星期六，是星期六，真的沒搞錯！」路路通喊著：「您少算一天了，我們其實早到了二十四小時……現在，離約定時間只剩下十分鐘了！」

路路通說完，就一把抓住福克先生的衣領，發瘋似的拽著福克先生往外跑，連讓他考慮一下的時間都沒有。他們跳上一輛馬車，許諾給馬車夫一百英鎊的獎金後，便飛速趕往革新俱樂部，一路上還撞壞了五輛馬車。

當福克先生出現在俱樂部大廳時，大鐘正指向八點四十五分……

斐利亞．福克成功在八十天內環遊世界一周！他贏回了兩萬英鎊的賭注！

大家也許會感到奇怪，一個像福克先生這麼謹慎的人，怎麼會記錯日子呢？他抵達倫敦的時候，其實應該是十二月二十日星期五，距離他出發當天實際上只有七十九天，可是，他怎麼會以為已經是十二月二十一日了呢？

答案很簡單，弄錯的原因是這樣的：斐利亞．福克在他的旅程中「不自覺地」占了二十四小時的便宜。福克在往東走的路上，一直是迎著太陽升起的方向前進，所以，每當他越過一條經線，他就會提前四分鐘看見日出。整個地球一共分成三百六十度，而四分鐘乘三百六十，結果正好等於二十四小時，這就是他不知不覺額外獲得的時間。

福克先生確實是贏回了兩萬英鎊，但他這次旅行總共花費了一萬九千英鎊，所以，在金錢的獲利甚少。而且就連剩下的一千英鎊，他也交給忠實的路路通和倒楣的費克斯平分了。不過，福克先生還是照之前所說，扣除了路路通因為疏忽而一直燒了一千九百二十個小時的煤氣費，因為他一直是個很講究原則的人。

就在當天晚上，福克先生沉靜地對艾娥達夫人說：

「夫人，現在您對我們的婚約有別的意見嗎？」

「福克先生，」艾娥達夫人回答：「應該是我向您提出這個問題，昨天您說您破產了，可是現在，您又……」

「夫人，請您別這麼說，這筆財產都是屬於您的。因為如果您沒向我求婚，我的僕人就不會去教堂找神父，那也就不會有人告訴我搞錯日期，所以……」

往下就不用說了。於是，在四十八小時之後，婚禮正式舉行，路路通滿面紅光，神氣十足地作了他們的證婚人。難道他不應該得到這種殊榮嗎？畢竟他曾經赴湯蹈火地救過艾娥達夫人的性命啊！

可是，第二天天還沒有全亮時，路路通就跑去敲他主人的房門。門開了，一位不動聲色的紳士走出來，問道：「發生什麼事了，路路通？」

「是這樣的，先生，我剛剛想到，我們環遊世界一周，似乎只需要七十八天。」

「的確如此，」福克先生回答：「不過，那樣的話，我們就不能經過印度了；要不是經過印度，我們就不可能救到艾娥達，那她現在也不可能會成為我的妻子……」

語畢，福克先生輕輕關上了門。

斐利亞．福克僅用八十天的時間，便完成了環遊世界一周的旅行！這不僅大大提高了他的知名度，還讓他娶了一位如花似玉的妻子，這趟旅程可以算是不虛此行呀！

照片來源：Wikimedia Commons

1. 儒勒•凡爾納畫像
作者：不詳
日期：1892 年
來源：https://commons.wikimedia.org/wiki/File:Jules_Verne,_1892_(colored_portrait).jpg
授權許可：作品屬於公共領域

2. 娜麗•布萊，美國《世界報》女記者
作者：Historical and Public Figures Collection
日期：1890 年
來源：紐約公共圖書館檔案館
授權許可：作品屬於公共領域

3.《地心遊記》內文插圖，一八六四年法文版
作者：愛德華•里歐（Édouard Riou）的畫作
日期：1864 年
來源：http://jv.gilead.org.il/rpaul/Voyage%20au%20centre%20de%20la%20terre/
授權許可：作品屬於公共領域

4. 一八四一年英國倫敦「革新俱樂部」，專為上流人士聚會、社交和享用美食的高級場所
作者：不詳
日期：1841 年
來 源：https://commons.wikimedia.org/wiki/File:Reform_Club._Upper_level_of_the_saloon._From_London_Interiors_(1841).jpg
授權許可：作品屬於公共領域

5.《環遊世界八十天》一八七二年出版書中艾娥達夫人與福克先生插畫
作者：Alphonse de Neuville 和 / 或 LéonBenett 的畫作
日期：1872 年
來源：https://commons.wikimedia.org/wiki/File:%27Around_the_World_in_Eighty_Days%27_by_Neuville_and_Benett_25.jpg
授權許可：作品屬於公共領域

6.《環遊世界八十天》路線圖
作者：Roke 的畫作
日期：不詳
來源：Roke 自行出版的作品
授權許可：我，本作品的版權所有人，特此在以下許可下發布，本文件採用知識共享署名 - 相同方式共享 3.0 Unported 許可協議授權。

7. 蘇伊士運河，一八八二年
作者：Artmod
日期：2005 年上傳
來源：pl.wikipedia
授權許可：本作品屬於公共領域

8. 一八四二年英國硬幣正反面，年輕的維多利亞女王肖像（左）和皇家徽章（右）
作者：不詳
日期：1842 年
來源：古典貨幣集團
授權許可：古典貨幣集團，本作品著作權人，特此採用以下許可協議發表本作品，本文件採用知識共享署名 - 相同方式共享 3.0 Unported 許可協議授權；本文件採用知識共享署名 - 相同方式共享 2.5 通用許可協議授權／本作品屬於公共領域

9. 一八八六年地圖，英國殖民領地標示為紅色
作者：瓦特•克蘭（Walter Crane）的畫作
日期：1886 年 7 月 24 日
來源：http://maps.bpl.org/id/M8682/
授權許可：本作品屬於公共領域

10. 印度王公與英國官員，十九世紀
作者：Raja Ravi Varma 的畫作
日期：不詳
來源：http://www.museumsyndicate.com/item.php?item=25533
授權許可：本作品屬於公共領域

11. 美國騎兵追趕美洲印地安人，一八九九年彩色平版印刷
作者：不詳
日期：大約為 1899 年
來源： Werner 公司，位在俄亥俄州亞克朗市（Akron）
授權許可：本作品屬於公共領域

影響孩子一生的人物名著

以人為鏡，習得人生

正直、善良、堅強、不畏挫折、勇於冒險、聰明機智……
有哪些特質是你的孩子希望擁有的呢？
又有哪些典範是值得學習的呢？

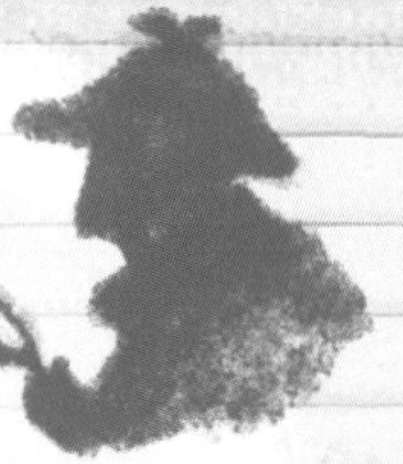

【影響孩子一生的人物名著】
除了發人深省之外，還能讓孩子看見
不同的生活面貌，一邊閱讀一邊體會吧！

★ 安妮日記

在納粹占領荷蘭困境中，表現出樂觀及幽默感，對生命懷抱不滅希望的十三歲少女。

★ 魯賓遜漂流記

在荒島與世隔絕28年，憑著強韌的意志與不懈的努力，征服自然與人性的硬漢英雄。

★ 清秀佳人

不怕出身低，自力自強得到被領養機會，捍衛自己幸福，熱愛生命的孤兒紅髮少女。

★ 福爾摩斯

細膩觀察，邏輯剖析，揭開一個個撲朔迷離的凶案真相，充滿智慧的一代名偵探。

★ 湯姆歷險記

足智多謀，正義勇敢，富於同情心與領導力等諸多才能，又不失浪漫的頑童少年。

★ 海倫・凱勒

自幼又盲又聾，不向命運低頭，創造語言奇蹟，並為身障者奉獻一生的世紀偉人。

★ 環遊世界八十天

言出必行，不畏冒險，以冷靜從容的態度，解決各種突發意外的神祕英國紳士。

★ 岳飛

忠厚坦誠，一身正氣，拋頭顱灑熱血，一門忠烈精忠報國，流傳青史的千古民族英雄。

★ 海蒂

像精靈般活潑可愛，如天使般純潔善良，溫暖感動每顆頑固之心的阿爾卑斯山小女孩。

★ 三國演義

東漢末年群雄爭霸時代，曹操、劉備、孫權交手過招，智謀驚人的諸葛亮，義氣深重的關羽，才高量窄的周瑜……

影響孩子一生名著系列 24

環遊世界八十天

風度翩翩的紳士．精準冷靜的頭腦

ISBN 978-986-96861-7-4 / 書 號：CCK024

作　　者：儒勒．凡爾納 Jules Verne
主　　編：陳玉娥
責　　編：顏嘉成
插　　畫：黃凱 Kone Huang
美術設計：蔡雅捷、鄭婉婷
照片來源： Wikimedia Commons

出版發行：目川文化數位股份有限公司
總 經 理：陳世芳
行銷企畫：許庭瑋
法律顧問：元大法律事務所 黃俊雄律師
地　　址：桃園市中壢區文發路 365 號 13 樓
電　　話：(03) 287-1448
傳　　真：(03) 287-0486
電子信箱：service@kidsworld123.com
畫撥帳號：50066538

國家圖書館出版品預行編目 (CIP) 資料

環遊世界八十天 / 儒勒．凡爾納作．-- 初版．--
桃園市：目川文化，民 108.01
面；　公分．--（影響孩子一生的人物名著）
ISBN 978-986-96861-7-4（平裝）

876.59　　　107021022

網路書店：*www.kidsbook.kidsworld123.com*
網路商店：*www.kidsworld123.com*
粉 絲 頁：FB「悅讀森林的故事花園」

印刷製版：長榮彩色印刷有限公司
總 經 銷：聯合發行股份有限公司
地址：新北市新店區寶橋路 235 巷 6 弄 6 號 4 樓
電話：(02) 2917-8022
出版日期：2019 年 2 月（初版）
定　　價：280 元

建議閱讀方式

型式	圖圖圖	圖圖文	圖文文		文文文
圖文比例	無字書	圖畫書	圖文等量	以文為主、少量圖畫為輔	純文字
學習重點	培養興趣	態度與習慣養成	建立閱讀能力	從閱讀中學習新知	從閱讀中學習新知
閱讀方式	親子共讀	親子共讀 引導閱讀	親子共讀 引導閱讀 學習自己讀	學習自己讀 獨立閱讀	獨立閱讀